더불어 사는 사회

# 더불어 사는 사회

초판 1쇄 발행  2014년 3월 1일

지 은 이   최태정
발 행 인   권선복
편집주간   김정웅
편   집   조웅연
디 자 인   최새롬
마 케 팅   서선교
전 자 책   신미경
발 행 처   도서출판 행복에너지
출판등록   제315-2011-000035호
주    소   (157-010) 서울특별시 강서구 화곡로 232
전    화   0505-613-6133
팩    스   0303-0799-1560
홈페이지   www.happybook.or.kr
이 메 일   ksbdata@daum.net

값 10,000원
ISBN  979-11-5602-042-4   03810

도서출판 행복에너지는 독자 여러분의 아이디어와 원고 투고를 기다립니다. 책으로 만들기를
원하는 콘텐츠가 있으신 분은 이메일이나 홈페이지를 통해 간단한 기획서와 기획의도, 연락처
등을 보내주십시오. 행복에너지의 문은 언제나 활짝 열려 있습니다.

최태정이 꿈꾸는 세상 속으로

# 더불어 사는 사회

최태정 지음

도서
출판 행복에너지

記 京都文化財協会 理事長 鈴木作子

鄭相赫 贈

二〇一三年二月二八日

방금 까치산을 다녀왔습니다. 산책로를 따라 걸으며 겨울을 느꼈습니다. 겨울의 자연은 겉으로는 볼품없어 보이지만 조금만 더 깊숙이 바라보면 생명의 신비한 꿈틀거림을 느낄 수 있습니다. 얼어붙은 땅속으로 기운찬 공기가 부지런히 드나듭니다. 처량한 낙엽은 잘게 분해되어 든든한 거름이 되고 땅속으로 스밉니다. 앙상한 나무들은 뿌리로 굳건히 겨울 땅을 붙잡고 흙을 부드럽게 만져주고 있습니다. 산의 동물들은 어디선가 곧 다가올 봄을 기다리며 추위를 이겨내고 있을 것입니다.

생명의 단단함을 알려주는 작은 산이 우리 마을에 이렇게 자리잡고 있다는 현실이 감사합니다. 각박한 도시 생활을 잠시라도 훌훌 털어버리고 자연과 섭리를 생각할 수 있는 여유를 주고 맑은 공기로 매연으로 꽉 막힌 가슴을 씻어줘 건강한 신체를 만들어 주기 때문입니다.

작은 산속에는 다양한 생물들이 더불어 살고 있습니다. 나무와 나무들이 모여서 숲을 이룹니다. 나무 한 그루도 참 대단한데 수십, 수백 그루가 어울려 경치를 만들어 줍니다. 땅에 떨어진 낙엽들도 더불어서 수북이 쌓여 있습니다. 그렇게 쌓인 낙엽들은 꽃과 풀, 나무들의 거름이 됩니다. 함께 어울리고 서로에게 도움을 주는 자연은 그래서 늘 아름답고 포근합니다.

우리들도 자연처럼 더불어 살아가야 하지 않을까 생각해 봅니다. 각자의 자리에서 열심히 뿌리내리며 살면서도 서로 부딪히지 않고 서로의 공간을 넉넉히 인정해주며 함께 숲을 이루어가는 나무처럼 말입니다.

하지만 더불어 산다는 게 만만치는 않은 것 같습니다. 요즘처럼 살기가 팍팍한 시절에 주위를 돌아보며 사는 것은 쉽지 않습니다. 하지만 더불어 살지 않으면 우리는 더 힘들게 살아갈 것입니다. 저마다 자기 이익과 생각에 갇혀 살다 보면 오해와 다툼만이 커집니다. 삶이 전쟁터처럼 황폐해질 것입니다. 그런 삶에서 과연 누가 행복해질 수 있을까요?

더불어 사는 가족, 친척들의 모습만 봐도 알 수 있습니다. 할아버지와 할머니, 아버지와 어머니, 손자와 손녀, 삼촌과 조카들이 한 데 모여 서로를 위하고 아껴주는 모습, 상상만 해도 아름답고 풍요롭지 않습니까. 그 반대의 모습은 별로 생각해 보고 싶지 않네요.

우리는 알고 있습니다. 더불어 사는 가족이 행복하다는 사실을. 그리고 더불어 살기 위해선 가족 구성원들도 모두 각자 노력해야 한다는 평범한 사실을 알고 있습니다. 네, 그렇습니다. 노력 없이는 아무것도 되지 않습니다. 함께 어울려 살기 위해서 우리는 노력해야 합니다.

어떻게 해야 더불어 잘 살 수 있을까 생각해 보았습니다. 어떤 가치들이, 어떤 노력들이 필요할까 물어보았습니다. 제가 살아오면서 겪었던 경험들을 들춰보며 사람과 사람이 저 산의 생물들처럼 잘 어울려 살 수 있는 길은 무엇인지 곰곰이 따져보았습니다. 그러자 열정, 섬김, 자율, 성찰, 지역, 희망 그리고 긍정이란 가치들이 우리에게 절실히 필요하다는 것을 깨닫게 되었습니다.

그 작은 깨달음의 생각들을 이 책에 모았습니다. 나누고 싶어서입니다. 더불어 살고 싶다는 소망을 공유하고 싶어서입니다. 부족하지만 제 단상들이 더불어 사는 사회를 고민하는 작은 계기로 그리고 하나의 방안으로 여겨진다면 더할 나위 없이 기쁘겠습니다.

우리 모두가 작은 산의 생물들처럼 더불어 살며 서로를 행복하게 하는 사람들이 되길 소망합니다.

최 태 정

차례

**PART 6** 희망

이 세상은 혼자 사는 곳이 아니다. 공동체가 함께 살아가는 곳이다.
너와 나, 우리 모두가 함께하는 이곳이 따뜻해지기를 기원한다.

# PART 1

# 열정

열정은 최고의 자산이다. 열정은 모든 것을 꿈꾸게 만든다. 모든 게 구비되어 있어도 열정이 없으면 소용없다. 모든 게 없어도 열정 하나면 가능하다. 무엇에 열정을 쏟을 것인가. 어떤 가치에 목말라할 것인가. 자신과 가족의 안녕을 위한 열정은 의무다. 이제 한 걸음 더 나아가 우리 지역과 우리 사회에 안녕을 위한 열정을 불을 지펴야 한다. 더불어 사는 사회는 나 자신과 가족의 안녕을 확장시켜 준다. 삶의 질을 높여 준다. 함께 사는 사회에 대한 열정은 최고의 사회적 자산이다. 이제 그 열정을 일으키고, 합칠 때다.

# 01

# KBS를 두드리다

2009년 11월 전국의 씨름인들은 변화를 갈망했다. 금권과 자리를 둘러싼 갈등 및 여러 구태를 벗고 국민에게 다가서는 대한씨름협회로 환골탈태하길 바라고 있었다. 그러한 바람을 안고 나는 대한씨름협회 39대 회장으로 선출됐다.

협회에는 내부 개혁의 과제가 산적해 있었다. 씨름계에 대한 정부와 언론 등 외부의 싸늘한 시선은 더 큰 문제였다. 씨름은 비인기 종목으로 추락하고 있었다. 정말 최악의 상황이었다. 상황을 반전시킬 무언가가 필요했다.

회장으로 선출된 후 각종 업무현황을 파악한 후에 우선 KBS 방송국으로 달려갔다. KBS는 천하장사 대회 중계방송 등 씨름과 국민을 이어주는 가장 큰 매개체 역할을 해 온 곳이다. 그러한 KBS

도 당시 방송 지원 등 씨름계 후원에 부정적이었다. 언론, 특히 KBS의 씨름협회에 대한 인식 개선이 시급한 과제였다.

방송국 임원 등 관계자들을 만나 내부 개혁에 대한 의지를 적극 피력했다. 협회를 위함이 아닌 씨름을 위한 지원을 호소했다. 미온적인 반응을 보일 때면 "씨름판을 살리고 꿈나무를 육성하는 게 우리의 공적인 책무 아니냐."며 목소리를 높이기도 했다.

진정성이 보였을까. KBS는 곧 적극적인 방송활동 및 후원을 약속했다. 그리고 나는 강도 높은 내부 개혁으로 보답했다. KBS의 지원액의 경우, 물품구입 및 장학금 지급 등 1원도 빠짐없이 투명하게 회계 정리를 하고 KBS에 결산보고까지 해주었다. KBS는 협회를 완전히 신뢰하기 시작했다.

대한씨름협회의 새로운 도약을 기원하며

방송국 관계자들에게 뜨거운 목소리로 "씨름을 살려 달라."고 호소할 수 있었던 것은 우리 씨름 문화에 대한 열정이 있었기 때문이었다. KBS가 협회에 대한 지원 재개를 전격적으로 결정할 수 있었던 이유는 협회의 새로운 열정을 보았기 때문이다.

이처럼 열정에는 변화의 힘이 있다. 차일피일 과제를 미루고 느긋한 마음으로 일을 처리했다면 아마 KBS의 그러한 결정 역시 한참 걸렸을 테고, 어쩌면 아예 지원 자체가 물 건너 갈 수도 있었을 것이다. 진정한 마음으로 문제를 해결하고 우리의 씨름을 살려 내겠다는 의지를 적극적으로 보여줌으로써 후원이 성사된 것이다.

아울러 개인의 이익을 위한 호소가 아닌 공익에 대한 열정이 상대의 마음을 변화시켰다는 사실 또한 기억해야 한다. 만약 나의 열정에 사심이 들어가 있었다면 관계자들은 금방 눈치챘을 것이다. 그리고 지원을 받지 못했을 것이고 사태는 더 악화되고 말았을 테다. 하지만 당시 나와 씨름협회의 열정에는 사심이 없었다. 진정으로 우리의 씨름이 부활하길 원하는 순수한 바람만이 있을 뿐이었다. 그래서 더 당당하게 요구할 수 있었다. 그리고 이심전심이란 말이 있듯 마음이 통했던 것이다.

물론 개인의 성공을 위해 최선을 다하는 모습도 아름답다. 목표를 설정하고 이를 이루기 위해 이를 악물고 전심을 다해 달려가는 사람을 보면 박수를 쳐주고 싶다. 하지만 공동체와 공익을 위한 열망이 더 값지다. 그 열망은 개인의 것이 아니라, 우리 모두의 것이기 때문이다. 우리 사회를 한 단계 더 성장시키고 전 구성원들에게 이익이 주기 위해 개인의 것을 포기하며 열정을 다하는 모습은 진정 아름답다.

그 날의 열정을 계속 기억하겠다. 앞으로 언제가 그 열정이 필요한 시절이 오면 간직해 놓았던 열정의 기억을 꺼내어 더불어 사는 사회를 위해 또다시 동분서주할 것이다.

제39대 대한씨름협회 회장 취임식

# 02

# "이게 게판이다"

우리 고유문화 씨름을 부흥시키기 위한 막중한 책무를 띠고 2009년 대한씨름협회 회장직에 오른 나는 무엇보다 외부의 불신을 해소시켜야 했다. 특히 국민과 씨름계를 이어주는 언론인들에게 개선의 의지를 보여줘야 했다.

2009년 11월, 광화문 프레스센터에서 열린 회장 취임식. 기자들의 태도는 싸늘했다. 사실 회장 취임식이 열리기 직전까지도 협회는 몇몇 세력으로 양분되어 파벌싸움의 구태의연한 모습을 기자들에게 적나라하게 보여줬었다. 기자들은 협회를 보고 "개판이다, 개판."이라고 말하며 부정적인 인식을 숨기지 않았다. 언론의 평가가 이러한데 어떻게 좋은 기사가, 멋진 방송이 나올 수 있겠는가. 기자들의 마음을 돌리는 게 급선무였다. 기자들에게 환심

을 사서 협회에 좋은 보도만을 해달라고 부탁하는 것은 정도가 아
니라고 생각했다. 그래도 언론에게 어떤 방식으로든 협회의 개혁
의지를 보여줘야 했다. 그것도 빠른 시간 안에.

회장 취임 후 경주에서 천하장사 대회가 열렸다. 기자들은 별
관심 없어 했지만, 주요 방송사 및 일간지 기자들에게 직접 연락
해 10여명의 기자들을 데리고 경주로 내려갔다. 도착하니 저녁
식사 시간이 되었다.

이태현 선수와 함께

긴 밥상에다 소주와 막걸리 몇 병만 꺼내 놓았다. 밥도, 반찬도 차리지 않았다. 기자들이 무슨 상황인가 의아해하며, 몇몇은 배고프다고 밥을 달라고 투정했다. 원성이 자자해질 때쯤 난 미리 준비해 놓은 영덕 대게들을 밥상 위에 휙 쏟아 놓았다. 집게발 달린 시뻘건 게들이 우르르 쏟아지자 기자들이 깜짝 놀랐다. 황당한 얼굴들로 내 얼굴을 빤히 쳐다보는 기자들에게 난 이렇게 말했다. "자, 이게 게판이다. 진짜 게판!"

기자들은 게 다리를 잡고 껄껄껄 한판 크게 웃고 나서는 신임 회장의 강렬한 개혁 의지를 믿어 주었다. 그때부터 기자들은 씨름협회와 씨름계에 대한 부정적인 말을 거두었다. 나는 전심을 다해 협회를 개혁해 나갔다. 회장이 취할 수 있는 금전적인 권리를 모두 포기하고, 사비를 들여 운영해 나갔다. 반목하는 씨름인들을 한자리에 불러 화해시켰다. 변화가 시작됐다. 그리고 대한씨름협회는 명실상부 대한민국 씨름계를 아우르는 최고의 권위 있는 기구로 재탄생했다.

열정에도 유머가 깃들어 있어야 한다. 진지하기만 하고 잔뜩 힘이 들어간 열정도 좋지만, 지나치면 인간미가 부족해질 수 있다. 이따금씩 웃음과 흥을 불어 넣어 삶의 여유를 갖게 하면서도 더욱 인생을 추동할 수 있는 유머가 필요하다. 나는 그날 대게를 기자들에게 보여주기 위해 미리부터 영덕의 지인에게 연락을 넣어 준비를 했었다. 크고 싱싱한 대게였기 때문에 기자들의 반응이 더 좋지 않았을까. 그리고 보니 한 가지 또 삶의 진리가 뒤따라온다. 유머도 웃음도 착실한 준비가 필요하다는 사실이다.

# 03

# 박정희 대통령

책은 열정을 일깨워 주는 효과적인 도구다. 인간의 힘찬 역사의 파노라마를 읽고 있노라면 나도 모르게 주먹이 불끈 쥐어진다. 민족의 영웅, 안중근 의사는 "하루라도 책을 읽지 않으면 입안에 가시가 돋는다."라는 말씀을 남기셨다. 바쁜 현대인들이 매일 책을 읽는 일이란 쉬운 일은 아니지만, 이 말씀을 새기고 조금이라도 부지런히 시간을 내어 책을 읽는다면 가시가 돋지 않고 열정이 돋아날 것이다.

나의 열정에 불을 지펴 준 책들이 여러 권 있는데 그 가운데 하나가 고3 때 읽은 박정희 대통령의 전기다. 한국전쟁 이후 보릿고개를 겪어 본 이들은 말하지 않아도 안다. 그 시절이 얼마나 괴롭고 힘들었는지를. 가난 때문에 울고, 아파해야 했고, 꿈은 꿀 수도 없었다. 가난한 시절, 박정희 대통령의 이야기는 뼈에 사무쳤고 나에게 하나의 신념을 새겨주었다. 더불어서, 함께, 잘 먹고살 수 있는 사회를 만들고 싶다는 신념이다.

박정희 대통령 시절, 허허벌판에 공장들이 세워졌다. 농촌에 활기가 넘쳐나기 시작했다. 새마을운동과 경제개발 5개년 계획이 펼쳐지면서 한국은 점점 변화하기 시작했다. 박 대통령의 꿈은 단 하나였다. 우리 국민들이 배고픔을 떨쳐내고, 잘 먹고 잘살 수 있는 부강한 나라를 건설하는 것이었다. 그리고 우리는 전후 50년 만에 절대적 빈곤을 극복하고, 세계가 부러워하는 나라로 거듭났다. 세계는 대한민국의 변화를 '한강의 기적'이라고 불렀다.

가난이란 말의 실체를 몸으로 겪어 본 사람은 그 말이 얼마나 두렵고 무서운지 잘 안다. 가난은 아무것도 할 수 없다는 불가능의 대명사였고, 언제든 배곯은 사람을 극한 상황에까지도 이를 수 있게 하는 삶의 위험이었다. 그러한 가난을 극복하는 데 박정희 대통령의 공로는 무척 크다. 그 시절을 겪었던 우리 국민들이 박정희 대통령과 그를 보필하며 국민들을 어루만져 주었던 육영수 여사에게 지금도 감사한 마음으로 경외하는 이유는 바로 이 때문이다.

유신체제는 민주주의의 후퇴라는 비판을 받기도 한다. 그러나 박 대통령의 집권 연장은 개인의 권력욕을 위한 것이 아니었다.

오직 국민을 위한 충정과, 한국적 상황을 고려한 전략에서 비롯된 것이다. 정치적 탄압은 일부 지식층에 한했다. 국민들에게는 혜택이 더 컸다. 이러한 부분을 균형적으로 고려해야 역사를 제대로 바라볼 수 있고 온전한 소통이 이뤄질 수 있다.

인간은 의식주가 기본적으로 해결되어야 자기개발, 자아실현 등 행복과 인간의 가치를 누릴 수 있다. 이 점은 어쩔 수가 없다. 인간도 하나의 동물이기 때문이다. 먹어야 살 수 있다. 세계를 둘러보라. 지금도 식량이 부족해, 물이 부족해 굶고 기아에 허덕이는 나라가 부지기수다. 심지어 여전히 아사하는 사람들도 세상에는 많다. 당장 북한만 봐도 그렇다. 배가 고파 죽음을 무릅쓰고 압록강을 건너는 북한 주민들의 심정을 아마 지금의 우리는 제대로 이해하지 못할 것이다. 그 배고픔의 서러움을, 두려움을.

온 국민이 먹고살 수 있는 사회의 근간을 만들기 위해 투신한 박정희 대통령에게 우린 고마운 마음을 가져야 한다. 국민의 가난을 극복하고자 일했던 그의 열정이, 대한민국을 복되게 만들었다.

# 04

# 밭일의 힘

나에게 열정을 불어 넣어주는 또 다른 요소는 바로 농사일이다. 나는 이따금 주말이면 고향에 내려가 밭일을 비롯해 이런 저런 시골 일들을 거들어 주고 온다. 땀을 흘리면 그렇게 좋을 수가 없다. 잡념이 사라지고, 등줄기에 땀이 흐르는 것을 느낄 때마다 내가 살아 있음을, 그리고 건강하다는 것을 깨닫고 이내 행복해진다. 농사일을 마치고 사람들과 시원하게 막걸리 한 잔을 나누면 온 세상을 다 가진 것 같은 충만감이 밀려온다.

옛 사람들은 땅을, 대지를 어머니라고 불렀다. 인간에게 먹을거리를 주고, 안식처를 주고, 사랑의 자리를 주며, 인간의 모든 활동을 넉넉하게 품어주기 때문이다. 그래서 밭을 갈면서도 밭을 상대한다는 느낌이 들지 않는다. 밭과 내가 하나가 되는 느낌이 든다.

오히려 밭이 나를 상대해 주며 나에게 소중한 것들을 일러준다.

밭을 한번 들여다보라. 가만히 서서 쳐다보지 말고 쪼그려 앉아 밭의 생김새를 주의 깊게 살펴보라. 밭이 얼마나 역동적이고 생명으로 가득 차 있는지 곧 알게 된다. 눈으로 보이지는 않지만 밭에는 땅속 깊이 공기를 통하게 하는 숨구멍들이 수없이 들어차 있다.

흙 알갱이의 크기도 모양도 다 다르다. 밭에도 작은 산이 있고, 큰 산이 놓여 있다. 크고 작은 벌레들이 숨구멍을 만들며 밭 속을 갈고 있다. 이처럼 밭의 세계를 관찰하고 있으면 나 역시 티끌 같은 존재라는 사실을 새삼 깨닫게 되고, 자연스레 겸허한 마음이 싹튼다.

농사일을 하면 어느새 열정이 솟아난다. 몸과 마음이 건강해지기 때문이다. 어머니 같은 자연이 나를 든든하게 받쳐주고 있다는 깨달음이 무의식적으로 작용해 자신감을 심어 준다. 이처럼 열정을 주는 밭일, 농사일, 시골 일들이 현대 도시인들에게는 좋은 힐링이 될 것이다. 하루 종일 고된 일과 스트레스에 노출된 도시인들에게 열정이 사라지는 것은 어찌 보면 당연한 결과다. 대지의 품을 느끼지 못하기 때문이다.

도시인들의 하루를 보자. 콘크리트와 시멘트로 뒤덮인 곳에서 하루 종일 아스팔트를 누비고, 차디찬 금속의 자동차와 지하철,

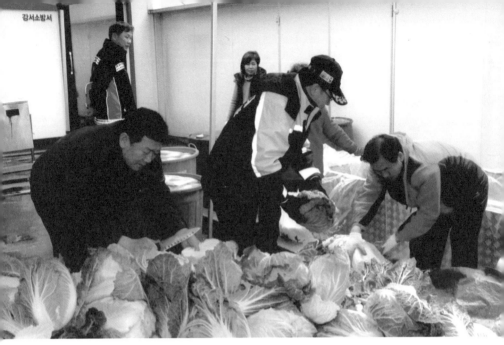
김장하기 봉사에서 배추를 다듬는 모습

버스에 몸을 싣는다. 사무실에서 일하는 사람의 경우, 하루 종일 책상에서 컴퓨터 화면에 눈을 응시하고 있어야 한다. 그나마 인공의 가로수와 공원을 이따금 느낄 수 있을 뿐이다.

도시인들이 흙의 부드러움을 느끼고, 과실의 무르익음을 체감할 수 있도록 농촌체험의 기회가 주어졌으면 좋겠다. 때로 밭을 갈며 땀을 흘리면서 자기 안에 감춰진 농부의 기질을 느끼며 살면 얼마나 좋을까. 아쉬운 대로 텃밭도 많아지고, 농촌과 실질적인 교류를 통해 도시인들이 농사일을 하며 열정을 충전받는 기회가 많아지길 바라본다.

# 05

# 자율적인 열정

나에게 농사일은 사실 지겨운 노동이 될 수도 있었다. 가난한 시절이었기에 난 초등학교 6학년 때부터 남의 집 일을 해야 했다. 경운기를 몰고 밭을 갈고, 과수원에서 열매를 땄다.

힘들 때도 있었다. 꼭 해야만 하는 의무였기 때문에 고역이 될 수도 있었다. 하지만 생각하기에 달렸다란 말이 있듯이 어차피 감당해야 할 일이니 즐겁게 하자고 마음먹었다. 만약 참고, 견뎌내야 하는 일이라고만 생각했다면 아마 포기하고, 집을 뛰쳐나올 수도 있었을 것이다.

내 일이라고 생각하고 일을 하니 시간가는 줄 몰랐다. 힘든 일과도 금방 금방 끝나는 것 같았다. 내가 한 일의 성과는 남들보다 항상 두 세배였다. 꾀를 부리지 않고, 재미있게 일을 했기에 그럴 수 있었다. 그래서 주인들은 나를 늘 예뻐했다. 먹을 것도 더 주고, 이런 저런 것들을 알뜰살뜰 챙겨주기도 했다. 감사할 따름이었지 또 그런 부수입을 바라고 일하지 않았다. 바라고 일한다면 그때부터 일은 괴로워지기 시작할 뿐이다.

이처럼 일은 자율적으로 할 때 더 좋은 성과를 내기 마련이다. 누군가를 계속 의식하면서 일을 하면 시간만 더디 가고 괴로울 뿐이다. 내 몫이 이만큼이니까 이만큼만 해야지 생각해도 일이 더디다. 몫이 적으면 불만이 많으니 몸이 굼뜨게 된다. 그냥 내가 할 수 있는 여력에 맞춰 일을 하면 몸도 마음도 편안하다.

자율적으로 일하면 몰입도 쉽다. 누구도 의식하지 않고 스스로 자기 계획에 따라 일을 하니 정신을 다른 데 팔 필요가 없다. 서울대 합격생들이 공통적으로 하는 말이 있다. "공부가 재미있어요." "스스로 공부했어요." 스스로 공부하니 재밌고 그래서 성적이 올랐다는 것이다. 누군가 시켜서 새벽 2시까지 공부한다고 생각해봐라. 벌써부터 하기 싫고, 짜증이 나고, 졸음만 올 뿐이다. 비록 공부 시간은 짧아도 밤 12시까지 스스로 공부한 학생은 상쾌하게 잠자리에 들 수 있고, 내일도 건강한 몸과 마음으로 하루를 시작할 수 있다.

열정은 자율적일 때 그 진가가 빛난다. 누군가를 위해서가 아닌, 나 자신을 위해서, 스스로 노력하고 행동할 때 그 성과는 배가 된다. 인간에게 가장 중요한 가치는 자유다. 구속받지 않고 자유롭게 자신의 노동과 생각을 펼칠 때 인간은 참 행복을 느낀다는 것은 인류가 동의한 진리이다.

그래서 성과는 나중 문제다. 일하면서 이미 난 행복하고, 그것을 통해 이미 보상받았기 때문이다. 물론 성과를 따지며 일을 계획하는 것도 중요하지만, 지나치게 성과와 결과에 의존하여 일을 하다 보면 스트레스에 노출될 뿐이다. 성과를 의식한다는 것 역시 남을 의식하는 것과 마찬가지다. 무아지경이란 말이 있다. 나 자신마저 잊고서 몰입하는 상태를 뜻하는 사자성어다. 순수한 열정, 스스로 불태우는 열정, 그 열정의 힘을 우리 모두가 경험하길 소망한다.

# 06

# 운동

열정적인 인간으로 살 수 있는 방법 가운데 가장 쉬운 방법은 운동이다. 몸을 움직여 운동을 하면 땀이 난다. 숨이 차고 몸의 각 기관들이 요동을 친다.

사람은 기본적으로 육체를 지닌 동물이다. 몸을 움직여야 하는 존재다. 한 연구에 따르면, 약 70만 년 전 구석기인들의 유전자가 여전히 현대인들의 몸속에 상당수 남아있다고 한다. 구석기인들의 체질, 몸의 특성이 아직도 우리에게 남아있다는 것이다. 구석기인들은 사냥하며 열매를 따 먹으며 살아갔다. 살 만한 환경을 찾아 매일 떠돌아 다녀야 했다. 맹수를 만나면 죽어라 뛰어야 했다. 움직여야 살 수 있었다.

그러나 오늘날 현대인들은 움직일 틈이 거의 없다. 엘리베이터를 타고, 자동차와 지하철, 버스를 타고, 에스컬레이터를 타고, 책상에 앉아 있는 시간이 거의 하루를 가득 채운다. 이러한 현실을 보면 현대인들은 도전정신이 부족할 수밖에 없다. 육체를 쓰지 않는 현대인들에게 야성의 기질이 사라지고, 순응하고 체념하는 수동적인 태도가 익숙해진 것은 당연한 수순이다.

하지만 짬을 내서라도 몸을 움직여야 한다. 몸 쓰는 일을 찾기 힘들다면, 운동이라도 해야 한다. 꾸준히 몸을 움직여, 우리 몸 안에 기억된 구석기인의 활력을, 인간의 본질을 깨달아야 한다.

개인적으로 모든 운동을 좋아한다. 시간과 여건의 제약으로 모든 운동을 배우고 즐길 수는 없지만 꾸준히 운동을 즐긴다. 배드민턴을 비롯해 여러 구기 종목 등을 평소 즐기며, 볼링의 경우 애버리지 180 정도를 기록한다. 시간이 부족할 때는 산책을 하면서 몸을 게을리 하지 않는다.

기억해야 할 점은 건강이라는 결과 때문에 운동을 해야 하는 당위성도 있지만, 행복감을 만끽하기 위해서라도 반드시 운동을 해야 한다는 것이다. 한 개그우먼이 하루에 수십 개씩 팔굽혀펴기를 한다는 말을 들었다. 운동 삼아 시작했는데, 처음에는 한 개 하기도 힘들었다고 한다. 그런데 어느 날 두 개를 하게 되고, 드디어 열 개를 하게 되고 이제는 한 번에 100개 가까이 한다는 것이다. 그녀는 "운동을 하니까 우선 자신감이 생겼다. 몇 개씩 늘어나는 팔굽혀펴기 회수를 보면서 노력하면 된다는 믿음이 들었기 때문이다. 그리고 어느 날 문득 생각해보니 내가 이 지구를 들고 있더라. 팔굽혀펴기 하는 모습을 거꾸로 뒤집어 보면 내가 이 지구를 번쩍 번쩍 들고 있는 모양이었다."라고 증언했다. 그녀의 얼굴에는 열정이 넘쳤다. 그녀의 경험을 사람들에게 알려주고 싶어 안달이었다. 그 모습이 고마웠고 아름다웠다.

누구나 다 알고 있는 운동의 효능을 얘기해서 무엇 하겠는가. 다만, 몸을 움직이는 운동은 우리 안의 열정을 일으키고, 그 열정은 삶의 강력한 에너지가 된다는 것을 다시 한 번 되새기고 싶을 뿐이다. 굳이 장비를 갖추고 해야 하는 운동을 선택할 필요는 없다. 팔굽혀펴기, 줄넘기, 작은 산 오르기, 맨손체조 등등 스스로 할 수 있는 운동의 종류는 널리고 널렸다. 이제 마음먹고 시작하면 될 뿐이다.

# 07

# 씨름의 매력

씨름은 힘과 기술의 겨룸이다. 그런데 그 겨룸의 승패가 대개 2~3초 안에 결판난다는 점이 바로 씨름의 매력이다.

모든 운동선수들이 그러한 것처럼 씨름 선수들 역시 매일 매일 구슬땀을 흘리며 힘과 기술을 익혀 나간다. 씨름 대회 트로피에 대개 황소상이 서 있듯, 씨름은 힘을 중시한다. 인간에게 근력과 힘은 과거로부터 생존의 절대적 수단이었다. 현대 과학 시대에도 힘은 여전히 인간 사회에서 장려되는 가치다.

힘만이 전부는 아니다. 힘을 다루고, 힘을 꺾고, 힘을 제치는 기술도 씨름의 중요한 요소다. 씨름 기술에는 약 30여 가지가 있다. 보기만 해도 눈이 호강하는 화려한 기술도 있고, 간단하면서도 정직한 기술들도 있다. 상대의 힘을 적절하게 활용하며 대갚

씨름대회 개막식 선수입장

음하는 지혜로운 기술도 있다.

　이러한 힘과 기술이 대개 단번에 끝나고 만다. 순간의 판단, 순발력이 경기의 승패를 좌우하는 것이다. 선수들은 상대의 샅바를 쥐는 순간부터, 상대의 근육과 호흡을 읽으며 경기를 구상한다. 어떤 기술을 써야 할지, 상대가 어떻게 나올지 예상한다.

　그리고 시합이 시작되면, 그동안 힘들게 쌓아왔던 훈련과 인고의 시간을 불과 몇 초의 시간에 모두 쏟아 넣는다. 그 몇 초가 얼마나 폭발적이겠는가. 얼마나 열정적이겠는가.

　이처럼 박진감 넘치는 장면을 보고 있노라면 정말 손에 땀이 난다. 선수들의 얼굴에는 그야말로 비장함이 가득하다. 눈동자를 보면, 어떤 기술을 언제 어떻게 사용할지, 힘을 또 언제 어떻게 써야 할지 등의 생각으로 머릿속이 꽉 차 있다는 것을 단번에 알 수 있다. 근육은 어떠한가. 팽팽하게 돋아 올라 금방이라도 터져 버릴 것 같은 긴장감이 넘친다. 내가 씨름을 사랑할 수밖에 없는 이유다.

씨름의 백미는 큰 덩치의 선수들이 작은 선수의 기술에 걸려 쿵 하고 모래 바닥에 꽂힐 때다. 상대를 압도하는 거구의 선수를 괴롭히며 악착같이 달려드는 몸집 작은 선수를 보노라면 웃음이 절로 나온다. 거인 같은 선수가 잠시 숨을 돌리려 하는 찰나에 쏜 살같이 기술을 걸거나 되치기로 밀어 넘길 때면 모든 관중들이

벌떡 일어나 환호성을 지른다. 모래 바닥에 당황스런 얼굴로 주저앉아 있는 패자를 뒤로하고 껑충껑충 뛰며 포효하는 작은 거인에게 우레와 같은 박수가 쏟아진다.

그러한 폭발적인 열정을 우리 선조들은 수천 년 지니고 살아왔다. 씨름을 통해 힘과 기술 그리고 지혜, 투지와 도전 정신을 길렀다. 끝내 지더라도 몸에 묻은 모래를 훌훌 털어버리며 자리에서 벌떡 일어나는 간결한 삶의 태도를 배워왔다.

그 힘이 모진 역사의 소용돌이 속에서도 우리를 지금까지 버티

게 해 주고, 나아가 21세기 세계의 주역으로 성장하게 하는 원동력이 되어 주었던 것이라고 감히 생각해 본다. 우리 민족 고유의 씨름은 계속해서 성장해야 하고 발전해야 한다. 명실상부 대한민국의 국기로 자리매김하여 앞으로도 대대손손 그 폭발적인 열정을 후손들에게 전수해 줘야 한다.

씨름대회 시상 중

## 08

# 결단이 필요할 때

일을 하다 보면 결단이 필요한 시기가 반드시 오기 마련이다. 이러한 시기에 흐지부지 시간을 보내고 있거나, 자신감 없이 곁눈질하는 습관에 젖어 있다면 올바른 선택을 기대하긴 어렵다. 아니, 이때가 결단의 시간인 줄도 모르고 넘어가는 우를 범할 수도 있다.

대한씨름협회 회장으로 일할 때에도 결단해야 될 일들이 많았는데 그중 하나가 2011년 KBS 설날장사 씨름대회의 개최 여부였다.

지난 2010년 천하장사 대회가 구제역 파문으로 열리지 못했었다. 천하장사 대회는 씨름대회 가운데 최강자를 가리는, 최고의 권위를 자랑하는 대회다. 그런데 2011년 초 또다시 구제역이 발

발해 보은에서 열리기로 한 KBS 설날장사 씨름대회가 열리지 못하게 될 위기를 맞게 되었다. 연달아 메인 씨름대회를 개최하지 못한다는 것은 사실 씨름계에 장기적으로 큰 부담을 주는 것이다. 구제역이 국가적 차원에서 관리해야 할 재난임에는 틀림없지만, 그렇다면 앞으로 씨름협회는 매번 구제역과 같은 상황에서 대회를 취소해야 하는 상황에 몰리게 되는 것이다. 이는 사실 씨름협회의 위기관리 능력 부재이며, 다른 한편으로는 씨름에 대한 사회의 애착이 부족하다는 방증일 뿐이었다.

농촌이 구제역 파문으로 난리가 났는데 보은에서 대회를 강행하는 것은 무리였다. 그러나 대회를 또 취소한다면 장기적으로 씨름계에 큰 독이 될 것으로 보였다.

씨름대회를 개최할 수 있는 단 하나의 방법은 대회 장소를 서울로 바꾸는 것이었다. 그러나 모두가 반대했다. 촉박한 대회 일정도 그렇지만, 이렇게 갑작스레 서울에서 경기를 하면 그렇지 않아도 씨름 인기가 떨어진 상황인데 누가 보러 오겠냐는 것이었다. 타당한 이유들이었다. 그러나 나는 씨름의 미래를 생각했다. 어느 누구를 위해서도 아니었다. 오직 씨름이 발전하려면 설날 대회는 치러야 하고, 이를 위해선 서울로 대회 장소를 변경하는 수밖에 없었다.

결단을 내렸다. 그리고 그 결단은 누구도 예측하지 못한 성과를

관중석이 꽉 들어찬 체육관

가져왔다. 장충체육관은 경기일마다 8,000여 명의 관중으로 가득 찼다. 연일 7%가 넘는 시청률을 기록했다. 인기종목인 야구와 축구의 시청률도 공중파 방송에서 5%가 넘기 힘든데 씨름이 7%를 넘긴 것이다. 2011 KBS 설날장사 씨름대회는 지금도 역대 최고의 대회로 손꼽히고 있다.

사실 나의 결정은 모두의 예상대로 실패로 돌아갈 확률이 높았다. 씨름은 언제부턴가 비인기 종목으로 취급됐다. 농촌에서 노인 분들에게나 그나마 인기가 남아 있는 전통 유산 정도로 인식되고 있었다. 그도 그럴 만한 것이 젊은이들에게 흥미 넘치는 스포츠, 격투기, 그리고 오락은 오늘날 넘쳐나고 있다.

하지만 씨름에는 어느 스포츠 못지않은 매력이 있음을 나는 확신했다. 보다 가꾸고 정비하고 투자가 이루어지면 사람들을 열광시킬 수 있는 스포츠로 자리매김할 것이라고 지금도 생각한다. 그러한 믿음을 바탕에 깔고 고민했다. 실무적인 고려, 단기적인 판단, 장기적인 판단, 방송국과 정부와의 관계 등 모든 부분을 염두하고 생각을 정리했다. 그러자 답은 더 쉽게 나왔다.

관계자들을 설득하고, 최대한 신속하게 대회 준비에 돌입했다. 그리고 성공했다. 지금도 씨름 관계자들은 나에게 당시 나의 결단력에 놀랐다며 엄지를 치켜 올려준다.

2011년 백두장사 대회

그러나 따지고 보면 대회 장소 변경 개최는 결단력에서 나온 결정이 아니었다. 모두의 걱정을 무릅쓰고 결단을 내릴 수 있었던 용기는 오직 씨름의 미래만을 위한 애정과 열정 때문이었다. 그 열정이 결단을 촉구했고, 일을 성사시켰던 것이다.

결단이 필요할 때 스스로에게 물어보라. 나에게 지금 열정이 있는가. 열정이 확인됐다면 벌써 이미 그대는 결단을 내렸다.

## 09

# 어울려 마시는 **술 한 잔**

　동서고금을 막론하고 인간의 축제에는 술이 빠지지 않았다. 술은 집단의 에너지를 짧은 순간에 폭발적으로 일으키는 마력이 있다. 술 한 잔을 기울이면 짧은 시간 안에도 쉽게 마음이 트이고 격의가 없어진다. 평소에는 용기가 없어 남 앞에서 해보지도 못한 춤을 덩실덩실 추기도 하고, 노래 한 자락도 시원하게 뽑아낼 수 있다. 그렇게 사람들과 성과를 함께 즐기고, 그 신명으로 일체감을 느낄 수 있다.

　역사적으로 볼 때 술은 인간의 농경문화와 깊은 관련이 있다. 인류가 농사를 짓기 시작한 때부터 술에 관한 다양한 기록들이 동양과 서양에서 골고루 발견되었다. 곡물이 술의 원재료로 활용되었는데, 인간은 발효 기술을 터득해 가며 더 맛 좋은 술을 빚어내기 시작했다. 여러 기록들에 의하면 고대인은 한 해의 농사를 마치면 모든 촌락의 구성원들이 모여 신에게 감사의 제의를 바쳤는데, 이때 술이 함께했다. 곡식으로 빚은 맑은 술을 신에게 바치고 나서 함께 마셨다. 취기가 오른 사람들은 북을 두드리며 덩실덩실 춤을 추고 노래를 불렀다. 이러한 과정은 모두 하나의 공동체 의식이었다.

이처럼 예로부터 술은 여럿이 함께 마셔 왔다. 술을 마시면서 사람들은 서로를 느꼈고, 건강한 열정을 맛보았다. 적절한 취기는 그간의 노동을 위로하고 몸의 피로를 잊게 한다. 알코올이 적당히 몸을 적시면 고단했던 시절도 금세 웃음으로 승화된다. 이런 관점에서 타인에게 술 한 잔 건네주는 것은 "그대도 그동안의 고생을 훌훌 털어버리고 시원하게 웃어 보라."는 의미가 담겨 있다. 술은 동시에 마음을 느긋하게 풀어 주어 타인에게 좀 더 너그러워지게 만들어 준다. 이렇듯 술은 집단의 열정을 일으키는 묘약이다.

그래서 나는 술을 혼자서는 먹지 않는다. 나는 함께 어울려 마시는 그 분위기가 좋아 술을 마신다. 사람들의 흥에 취한 목소리가 좋고, 부글부글 끓는 찌개 국물에 사람들과 수저를 섞는 게 좋다. 가급적 누구나 술을 편히 즐길 수 있도록 분위기를 만든다. 강권하지 않는다. 마실 만큼 마시고, 즐길 만큼 즐겨야 술의 장점을 극대화할 수 있다. 그래서 혹 소주와 맥주를 섞은 '폭탄주'를 만들어 마셔야 할 때면 소주는 살짝만 타서, 기분만 낸다.

술을 혼자 먹지 않는 또 다른 이유는 술의 그 에너지를 혼자서는 감당할 수 없기 때문이다. 술에는 엄청난 힘이 숨겨져 있다. 그힘을 통제하지 못하고 오히려 압도당하게 되면 의지와는 무관하게 실수를 하고 때로는 사고로 이어지기도 한다. 이러한 술의 문제점은 과거에도 있어 왔다. 조선 시대 중종은 과거 시험 문제로 "술의 폐해와 이에 대한 해결 방안"을 제시하라는 문제를 내기도 했다.

자칫 술의 마력에 중독되면, 다 아는 바와 같이 건강도 잃고 재물도 잃고 사람도 잃는다. 물론 적절하게 자신을 제어하며 술을 음식으로 다스리는 사람들도 있지만, 그런 역량이 안 된다면 되도록 혼자서 술 마시는 건 권하고 싶지 않다.

술은 아마 인류가 존재하는 한 끝까지 함께할 것이다. 술이 주는 위태로움도 있지만 그 보다 더 큰 효용이 있기 때문이다. 앞으로도 인류는 더 귀하고 다양한 술을 제조할 것이며 서로에게 권할 것이다. 사람을 한데 묶어 주고, 위로해 주고, 신명나게 해 주는 술 한 잔의 귀함을 소중히 여기며 술이 주는 열정을 잘 활용하는 것은 우리의 몫이다.

## 10

# 절제

좋은 것도 항상 넘치면 문제가 된다. 절제는 인류의 오랜 경험에서 나온 지혜이다. 술도 그렇다. 개인과 집단에게 열정의 힘을 불어넣어 주는 묘약 구실을 하지만, 지나치게 되면 때때로 독이 된다.

나는 술이 세다. 주량이 많기 때문이 아니다. 남들과 어울려 분위기 좋게, 끝까지 함께 있을 수 있기 때문에 세다고 말하는 것이다.

나는 지금까지 살아오면서 술 때문에 실수한 적은 한 번도 없다. 물론 인간은 실수할 수 있다. 실수하면서 성장한다. 그러나 나는 술에서만큼은 실수하면 안 된다고 단호하게 말하고 싶다. 술에 취한 상태에서 하는 실수는 자신도 의식하지 못하기 때문에 나중에 깨고 나서 반성하기도 어렵다.

또한 술 때문에 발생하는 실수는 대개 문제가 크고 때로는 치명적이다. 술 때문에 한순간에 망가져 인생의 오점을 남기는 인물들을 떠올리면 금방 고개를 끄덕일 것이다.

나는 웃고 떠들며 좋은 기운이 넘치는 술자리는 좋아하지만, 싸우고 목소리가 커지는 술자리는 경계한다. 그러한 술자리가 되지 않도록 예민하게 신경 쓰며 완급 조절을 한다.

취하면서도 실수하지 않는 것은 술의 파괴력을 잘 알고, 이를 겸허하게 받아들이기 때문이다. 나는 결코 술을 이길 수 없다는 사실을 인정해야 한다. 그리고 이 사실을 술 마실 때마다 상기하고 잊어버리면 안 된다. 이런 마음이 나는 바로 술자리에서의 '정신력'이라고 말하고 싶다.

그 정신력이 대단한 것은 아니다. 술의 에너지를 이겨내지 못할 때 그만둘 줄 아는 습관일 뿐이다. 알코올은 중추신경을 마비시켜 판단을 흐리게 하고 몸을 무겁게 만든다. 그러나 그 가운데서도 우리의 이성은 살아 있고 발걸음에는 힘이 붙어 있다. 기분 좋게 술을 마시는 와중에서도 나의 판단력과 신체의 움직임을 수시로 체크해야 한다. 그리고 어느 순간, 더 이상은 과하다 싶으면 단호하게 그리고 매끄럽게 술을 멈춰야 한다. 멈춰야 할 때 멈출 줄 아는 것은 삶의 큰 지혜이며 용기다.

무엇이든 지나치면 독이 된다는 지극히 평범한 진리를 항상 기억해야 한다. 넘치면 해가 되는 것은 술뿐만이 아니다. 과식하면 만병의 근원인 비만에 발생하고 아무리 좋은 운동도 지나치면 관절과 척추에 부담을 주기 마련이다. 술은 중독성이 있기에 보다 각별한 주의가 필요하다. 술은 마시면 마실수록 는다. 자꾸만 당긴다. 하지만 그 사이에 소리 없이 몸은 무너진다. 어느덧 술에 기대게 되고 의지는 약해진다.

공자님은 과유불급이란 말씀을 남기셨다. 과하고 지나친 것은 부족한 것과 마찬가지라는 뜻이다. 과하고 지나친 것은 모든 것을 앗아가 버리기도 한다. 규정된 속도를 위반한 차는 사고 확률이 그만큼 높아진다. 말이 좋아서 사고 확률이지 까딱하면 죽기 십상이란 뜻이다. 초보 마라토너가 무리한 욕심으로 완주를 하려다 심장마비로 쓰러지는 뉴스를 우리는 심심치 않게 듣는다. 좀 더 빨리 공정을 마치려고 무리하게 작업을 하다가 참사를 당하기도 한다. 이렇게 지나침의 폐해는 어디서나 쉽게 나타난다.

절제는 인간에게 중요한 미덕이다. 넘치는 것은 나를 해치고 이웃을 해칠 수도 있다. 절제의 미덕을 늘 명심해야 한다.

# 11

# 열정도 매듭이 필요하다

열정에는 매듭이 필요하다. 열정에도 쉼이 필요하기 때문이다. 평생을 열정적으로 살아갈 수 있다면 좋겠지만, 인간은 본래 나약한 존재기 때문에 때때로 안식을 가져야 한다. 그래야 또 다른 열정을 가질 수 있다.

성경에 따르면, 하나님도 6일 동안 세상과 인간을 창조하셨고 일곱 째 날에는 안식을 취하셨다고 한다. 그래서 이를 근거로 인간은 일요일을 만들어 휴식을 취해 왔다. 휴식이 있어야 성실함이 있을 수 있고, 쉼이 있어야 열정이 가능하다. 안식 없는 노동은 고역일 뿐이다.

이런 격언이 있다. "휴식은 어리석은 것이 아니다. 한여름 나무 그늘 밑 잔디에 누워 졸졸 흐르는 물소리를 들으며, 하늘을 떠다니는 구름을 보는 것은 결코 시간 낭비가 아니다." 우리는 때때로 쉼을 낭비라고 생각할 때가 있다. 하지만 절대 오산이다. 휴식은 반드시 필요하다. 잘 쉬어야 능률도 생긴다. 쉬는 동안 한껏 부풀어 올랐던 우리의 신경계는 차분해지며 긴장을 푼다. 몸과 마음은 평온해지며 제자리를 찾는다. 그처럼 온전히 비우고 나면 또 다시 채우고 싶어지고 저절로 투지가 생긴다. 인간의 생리가 그러하기 때문이다.

끊임없이 열정을 유지하는 것은 현실적으로도 불가능하다. 처음의 순수하고 강렬했던 빨강의 정열이 오래되면 점점 검어지고 결국에는 회색 재를 날리며 꺼들어가기 마련이다.

우리는 때로 '슈퍼맨 콤플렉스'에 빠질 때가 있다. 내가 모든 일을 감당해야 한다는, 나는 무엇이든 할 수 있다는, 그리고 모든 사람이 내가 해 주기만을 기대하고 있다는 커다란 착각에 빠지는 경우가 종종 있다. 하지만 인간은 결코 슈퍼맨이 될 수 없다. 아니 슈퍼맨도 남몰래 쉰다.

아울러 우리가 기억해야 할 점이 있다. 열정적인 사람은 나만이 아니라는 사실이다. 나만이 열정을 다할 수 있다고 생각하는 것은 자만이고 오산이다. 이 세상에는 나 말고도 훌륭하고 열정이 넘치는 인재가 많이 있다. 그러한 인재들에게도 기회가 주어져야 세상은 건강해진다.

열정을 붙잡고 놓지 않으려 할 때 오만이 찾아든다. 익숙해졌기 때문에 슬슬 안주가 시작되고 기득권에 대한 집착도 스멀스멀 올라온다. 물이 고이면 썩기 마련이다. 때론 나의 열정이 집착이 될 수도 있다. 늘 스스로를 경계해야 한다. 겸허해야 한다.

그래서 더더욱 매듭이, 쉼이 필요하다. 나를 대신해 빨갛게 활활 타올라 줄 인재에게 바통을 넘기고 쉬는 동안 나는 새롭게 에너지를 충전하고 그 열정을 태울 대상을 차분히 기다리면 된다. 그런 의미에서 쉼은 또 다른 이름의 열정인 것이다.

# 12

# 박수 칠 때 떠나라

대한씨름협회 회장으로서 씨름의 부흥만을 위해 햇수로 4년이란 시간을 보냈다. 협회의 개혁을 비롯하여 씨름 경기 운영 개선을 위해 전심을 다했다. 오랜 세월 쌓인 협회의 잘못된 관행을 단기간에 모두 고치기는 어려웠다. 그러나 내가 재임한 시기가 개혁의 초석이 되고, 시작이 되길 간절히 바라며 힘껏 일했다. 그 결과 각계로부터 씨름 부흥의 시작을 최태정 회장이 알렸다는 평가를 받았다. 감사한 일이었다.

씨름 경기 운영과 관련한 규칙과 방식 등의 개선 업무에 더욱 박차를 가했다. 국민 스포츠로 거듭나기 위해선 더 이상 미룰 수 없는 과제였으며, 이해관계가 적은 분야로 다른 부분보다 개선의 속도도 높았다. 샅바 매는 방법의 개선, 체중 상한제 도입, 경기장

2012 천하장사씨름대회에서 이만기 KBS 해설위원과 함께

확대, 심판 무전기 착용, 비디오 판독 도입, 샅바 싸움 자제 등 다양한 방면에서 운영 규칙을 개선했다. 그 결과 기술 씨름이 다시 부활했고, 국민들의 시선을 잡아끄는, 재미있는 스포츠로 자리매김할 수 있었다.

물론 아쉬운 점도 있었다. 씨름의 프로화는 임기 내 이루고 싶었지만 대내외 여건상 이룰 수 없었다. 현대화된 전용 구장에서 프로 씨름 선수들이 마음껏 기량을 뽐낼 수 있는 '프로의 장'을 만들고 싶었지만, 그건 나의 책무가 아니었다.

임기를 마칠 즈음, 주위에서는 연임을 바라는 목소리가 있었다. 씨름 협회의 위상을 보다 견고하게 다져달라는 청원이었다. 그러나 박수 칠 때 떠나란 말이 있듯이 나는 미련 없이 회장직에서 내려왔다.

나를 비롯하여 사람들이 흔히 착각하는 게 있다. 내가 아니면 안 된다는 마음이다. 그러나 이는 교만한 마음이다. 사실 나보다 능력 있고 탁월한 인재들은 이 세상에 많다. 이 사실을 우린 분명히 깨달아야 한다.

나와 다른 능력과 다른 색깔로 나를 대신해 협회를 리드해 나갈 인재들이 있음을 나는 알았다. 그들도 나와 같이 씨름을 사랑하고 열정을 갖고 있었다. 또한 새로운 인물들의 열정은 나의 열정보다 뜨겁고, 새로운 인물들의 아이디어는 나의 것보다 더 신선하다란 사실을 난 느끼고 있었다. 우리는 모두 잘 알고 있다. 첫 마음을 품은 자들의 열정은 누구도 감당할 수 없다는 것을.

그래서 나의 열정을, 나의 못다 이룬 꿈을, 나의 진정성을 새로운 리더들에게 기꺼이 전달하고 미련 없이 물러났다. 열정도 쉼이 필요하다. 쉬지 않으면 무엇이든 무리가 따른다. 하지만 쉬고나면 새로운 열정이 솟아난다. 새로 돋아난 열정은 담금질을 거쳤기에 그전보다 더 지혜롭고 강렬하며, 더 아름다울 것이 틀림없다.

세상을 살아가면서 누구나 기쁨과 고통을 겪는다.
이때 같이 슬퍼해주고 같이 기뻐해줄 때
세상은 더 살 만한 곳으로 바뀔 것이다.

# PART 2

# 섬김

사람을 섬기는 일은 결코 고되지 않다. 물론 강제적인 복종은 고욕이다. 그러나 자발적인 섬김은 상호 아름다운 관계를 보증하기 때문에 기쁨을 준다. 섬김은 타인을 하나의 인간으로 존중해 주는 마음가짐에서 출발한다. 섬김의 대상이 인간적인 삶을 살지 못할 때, 우리는 그가 우선 인간적 삶과 생활을 보장받을 수 있도록 도와야 한다. 물론 이는 개인의 힘만으로는 불가능하다. 그래서 개인의 섬김은 사회의 섬김으로 확장되어야 한다. 섬김을 실천하다 보면 나 역시 존귀한 존재임을 알게 된다. 그래서 섬김은 기쁨이다.

# 01

# 큰절

절은 온몸을 낮추는 행위다. 땅에 배를 묻고, 머리를 조아리는 겸허의 표식이다. 나를 낮추고, 비우면 상대가 귀하게 여겨질 수밖에 없다. 큰절에는 '당신은 귀한 존재입니다.'란 강력한 메시지가 담겨 있는 셈이다. 우리 선조들에게 절은 생활화된 예절 양식이었다. 웃어른을 뵈면 먼저 자리를 잡고 절을 올렸다. 때로는 격에 따라 맞절을 올리며 상대에 대한 예를 다했다.

2011년 서울 장충체육관에서 열린 KBS 설날장사 씨름대회 개막식에서 나는 8,000여 명의 관중 앞에 큰절을 올렸다. 우리 씨름을 사랑해 주시는 분들이 너무 감사했기 때문이다. 사실 당시 전국에 불어 닥친 구제역 파문으로 애초 보은에서 열리기로 한 씨름대회가 취소 직전까지 갔었다. 그러나 가장 큰 규모의 씨름대회를 취소하는 것은 협회에 큰 부담이 아닐 수 없었다. 그래서 고심 끝에 서울에서 대회를 유치하기로 했다. 이는 전적인 나의 판단이었는데 상당한 만류가 있었다. 비인기 종목인 씨름대회에 누가 오고, 텅텅 빈 경기장 화면이 방송으로 나가면 오히려 안 하느니만 못하다는 우려의 목소리가 컸었다.

그러나 예상을 뒤엎고 장충체육관은 대회 내내 만석을 이루었다. 씨름을 사랑하는 국민 분들이 여전히 많았던 것이다. 그러니 절로 큰절이 나올 수밖에.

아울러 대한씨름협회 회장으로서, 단체와 선수들을 위한 협회 운영이 아닌, 우리의 위대한 고유문화 씨름과 씨름을 아껴주시는 국민들을 위한 운영을 하겠다는 다짐을 큰절로써 보여드리고 싶기도 했다. 장충체육관을 가득 메운 관중 분들은 큰 박수로 화답해 주셨다. 당해 대회는 역대 최고의 대회로 손꼽히고 있다.

예법이 갈수록 간소화되는 오늘날, 절은 점점 특별한 상황에서만 볼 수 있는 인사법이 되고 있다. 장성한 아들이 군대에 입소하기 전에 부모님께 큰절을 올리거나, 결혼식에서 양가 부모님께 아들, 사위가 큰절을 하고, 명절 때 어른께 세배를 드리는 경우 등에만 보통 절을 한다. 속도와 효율을 중시하는 현대사회에서 절은 거추장스러운 절차로 여겨지고 있다. 물론 악수나 반절, 눈인사로도 서로에 대한 예의와 우정, 진지한 마음을 표현할 수 있다. 하지만 절 문화가 사라지면서 절 행위에 담겨 있는 깊은 섬김의 마음가짐도 옅어지는 것은 아닌지 걱정이 될 때도 있다.

절은 그 행위 자체로써 섬김과 겸허의 마음을 불러일으켜 준다. 절을 하게 되면 시선과 몸의 방향이 온전히 땅을 향하게 된다. 땅에 납작하게 몸을 붙이고 엎드리는 잠깐의 시간 동안, 육체의 낮아짐과 동시에 마음의 낮아짐도 느끼게 된다. 바닥을 마주하는 그 순간만큼은 자신의 지위도, 재산도, 권위도, 나이도 모두 벗어버리고 한 명의 인간으로서 자신을 체험하게 되는 것이다.

이런 점에서 불가를 비롯한 세계의 많은 종교에서 절은 대표적인 종교적 예법이기도 하다. 절대자에게 스스로가 한없이 작은 존재임을 인정하며 절을 드린다. 절은 하면 할수록 더 깊은 겸허와 섬김의 마음을 배울 수 있다. 불가에서는 108배가 득도를 위한 구도의 행위다.

절이란 형식이 우리 생활 속에 더 많이 적용되었으면 좋겠다. 굳이 서로에 대한 인사법이 아니어도 다양한 기회와 이유를 통해 절을 해 보는 것도 좋을 듯싶다. 108배의 경우 종교에 국한하지 않고 명상법으로 심지어 다이어트 방법으로도 활용되고 있다. 섬김의 정신을 우리 몸 깊숙이 새겨주는 절 예법이 활성화되어 우리의 미풍양속으로 계속 이어지길 바란다.

## 02

# 친구

친구 없는 삶은 불행하다. 주절주절 신변잡기와 쓸모없는 이야기를 아무렇지 않게 수다 떨 수 있는 친구가 없다면 서둘러 친구를 사귀어야 한다. 인간은 말하는 존재이고, 소통하며 자신을 확인하는 존재이기 때문이다. 자기의 말을 들어줄 친구가 없고 격의 없이 소통할 수 있는 상대가 없다면 그 사람은 정말 외로운 존재일 것이다.

사는 게 팍팍한 시대일수록 친구가 성가시고 번거로울 때도 있는 게 현실이다. 내 마음을 몰라주고 자기 말만 늘어놓으며, 예의 없이 치대기만 하는 친구를 만날 때면 차라리 혼자 있는 게 낫겠다는 마음이 들 때도 있다. 하지만 세월이 흘러 언제까지나 내 옆에 있어 줄 것만 같았던 존재들이 하나둘씩 곁을 떠나고 소원해지면 그 고약한 친구가 문득 그리워질 때가 있을 것이다.

"친구를 고르는 데는 천천히, 친구를 바꾸는 데는 더 천천히."라는 격언이 있다. 좋은 친구를 사귀어야 함은 동서고금의 진리다. 친구를 사귀고 우정이 쌓여 가는 동안 누구와의 관계가 다 그렇듯 지지고 볶으면서 미운 정 고운 정 모두 들게 된다. 그러다 미운 정이 쌓이는 시기에는 차라리 이 녀석을, 이 사람을 몰랐으면 하는 마음이 들 수도 있다. 그러나 이 격언은 우리에게 말해 준다. 친구가 번거롭게 굴어도 좀 더 인내하고 지혜롭게 대처하며 이해하는 자세로 고운 정이 들 수 있도록 노력하라고 말이다. 짧은 인생의 시간에서 그래도 수백, 수천 시간을 함께해 온 벗의 손을 쉽게 놓지 말라고.

나에게도 친구들이 있다. 사회에서 만난 친구도 있고, 지역에서 만난 친구도 있고, 여러 단체와 모임을 통해 사귄 친구들도 있다. 하지만 그 가운데서도 가장 막역하게 허물없이 지내는 친구는 누구나 다 그렇듯 옛 고향 친구들이다.

중고등학교 시절 사귀었던 친구들은 지금도 여전히 만난다. 전국으로 뿔뿔이 헤어져 자주는 만나지 못하지만, 1년에 한두 차례 얼굴을 마주하면 30여 년 전 그때와 똑같다. 까불고 깔깔거리고 마치 학창 시절로 돌아간 것 마냥 즐거워진다.

명절 때 고향에 내려가면 그리운 친구들이 다 모인다. 한자리에 모이면 그렇게 좋을 수가 없다. 사장도, 부장도, 백수도, 자영업자도, 농부도 아닌 그저 늙어가는 인간들로 모여 우린 떠들고 걱정해 주고 조언해 주고 그러면서 또 격의 없는 농담으로 세월을 추억한다.

물론 명함 직함이 그럴듯한 친구도 있고, 세상말로 못 나가는 친구들도 있다. 힘든 시기에 처한 친구는 좀 덜 웃고, 좀 덜 말하는 게 느껴진다. 모두 다 잘나갔으면 좋으련만, 뜻대로 되지 않는 게 세상사 아니던가. 얼굴 주름이 고단해 보이는 친구가 담배 한 대 물고 밖으로 나가면 슬쩍 따라 나가 불을 붙여 준다. 그리고 친구의 속 얘기를 듣고 내가 해 줄 수 있는 말들로 위로를 건넨다.

고향 친구가 정겹고 편한 이유는 구별하지 않기 때문이다. 잘 살든, 못 살든 어떤 직업이든 친구 자체가 소중하기 때문이다. 세상의 중요한 가치가 돈만은 아니다. 돈이 많아도 막역한 친구 한 명 없는 사람은 불행하다. 물론 인간인지라, 세상 물을 먹는 지라 마음 한 구석에 슬쩍 친구들을 구별하는 마음이 들 때도 있다. 그러나 난 늘 의식적으로 그런 생각을 싹둑 잘라 낸다. 어떤 구별도 없는 오직 '친구'라는 이름으로 친구들을 대한다.

참된 섬김은 인간을 구별하지 않는 데서부터 시작한다. 있는 그대로의 모습으로 바라봐 주고, 한 명의 소중한 인간으로 대할 때 섬김은 빛을 발한다. 이러한 섬김을 실천하는 것은 사실 매우 힘든 일이다. 이해관계가 첨예한 오늘날 이 같은 섬김은 일부의 종교인만이 할 수 있는 덕목일 수도 있다. 그래서 구별하지 않는 섬김을 가르쳐 주는, '오랜 친구'가 중요하다. 어떠한 이해관계 없이 어렸을 때부터 순수하게 관계를 맺어온 친구들은 그러한 섬김의 태도를 늘 알려 주는 교과서 같은 존재들이다.

우리들에게, 아이들에게 언제 봐도 늘 반갑고 편안한 친구들이 많아지길 바란다. 그리고 내가 더 좋은 친구가 되어주려 노력하고, 애써 사귄 친구를 귀하게 여기며 쉽게 우정을 놓지 않는 신중한 사람들이 많아지길 기대한다.

친구들과의 즐거운 한때

# 03

# 가장 **낮은 자**를 위해

약 30년 전인 1983년부터 85년도까지 도봉구 상계동 동막골에 자리 잡은 나환자 판자촌과 소록도 등지에서 봉사를 했었다. 젊은 나이에 의협심을 앞세운 봉사였었다. 세상에서 가장 힘없고 소외 받는 이들과 함께하고 싶다는 마음도 있었지만, '나는 이런 생각을 품고 행동하는 사람이야.'라는 자부심도 마음 한편에 있었던 게 사실이었다.

나환자 판자촌에 처음 발걸음을 하던 날, 사실 속으론 겁도 많이 났다. 혹여 '나도 병을 앓게 되면 어떻게 할까, 예상하지 못한 봉변을 당하거나 사고가 일어나지는 않을까, 내가 만용을 부린 것 아닌가.'하며 잠시 전전긍긍했었다.

그러나 봉사를 하면 할수록 겁은 사라지고, 인간에 대한 연민이 내 마음을 채우기 시작했다. 겉모습은 상하고 고통으로 가득 차 있었지만 그분들에게도 삶의 열정과 불굴의 의지가 있었다. 세상으로부터 상처받았기에 오히려 그분들은 다른 사람들을 상처 주지 않으려 애쓰셨고, 누구보다 온정 많은 분들이었다.

당시 세상은 그분들을 품어 주는 데 있어 인색했다. 함께하려하기보다 소외시켰다. 사람들과 어울리지 못하는 사람, 사람들에게 격리되는 사람, 그래서 먹고살기가 더욱 힘든 사람. 그분들 옆에서 많이 울었다. 왜 누군가는 이렇게 태어나야 하는지 신에게 따지듯 묻기도 했다. 개인의 힘으로는 어찌할 수 없는 사회의 아픔을 고민했고, 해결하기에는 나도, 사회도 역부족이어서 좌절하기도 했다.

하지만 신은 이렇게 응답해 주었다. 태어나는 것은 운명일지 모르겠지만, 살아가는 것은 운명이 아닌 개척이라고. 개척은 신의 후예인 우리들이 모두 함께해야 할 공동의 몫이며, 비로소 함께할 때 비운처럼 보이는 출생의 운명도 극복할 수 있을 것이라고. 운명에 연연해하지 말고 더불어서 삶을 함께 일구어 나가라고.

가만히 생각해 보니 욕심이었다. 산적한 인간의 문제들을 한꺼번에, 그것도 개인의 힘으로 해결하겠다는 것은 무모하기도 하지만 거저 세상을 변화시키겠다는 도둑 심보였다. 천천히 욕심 내지 않고, 나를 다스리며 한 걸음씩 걸어 나가야 한다는 것을 알게 되

소외계층을 위한 관심은 기업의 사회적 의무이다.

었다. 그리고 그 걸음은 사람들과 함께할 때 더 탄력이 붙고 신이 나고 오래갈 수 있다는 것을 깨닫게 되었다.

그리고 그 걸음이 우리 사회에서 가장 힘없고 약한 이들을 위한 걸음일 때 더 가치 있다는 삶의 진실을 마주하게 되었다. 가장 낮은 곳에 처한 사람들이 그 고통과 시련의 환경을 극복하고 나올 때 비로소 사회는 한 단계 발전하는 것이었다. 언젠가 모두가 보다 안전하고, 풍요롭게 살아가는 세상을 희망하면서 묵묵히 걸음을 이어가야 하는 게 우리의 몫이자 의무였다.

손목이 말발굽처럼 굽어진 그분들을 지금도 잊을 수 없다. 그

열악한 신체적, 사회적 조건에서도 생의 의지를 다지며 오히려 옆에 있는 이들을 챙기며 다독여 주시던 모습이 살면서 별안간 떠오른다. 그 청년 시절, 가장 낮은 자들과의 나날은 이웃과 늘 함께하는 것이 우리 공동의 운명임을 깨닫게 해주었다.

강서구 의용소방대 사랑의 김장 나누기

# 04

# 격의 없는 술자리

격의란 말은 사전적인 의미로 '서로 터놓지 않는 속마음'이다. 즉 우리가 즐겨 쓰는 '격의 없다.'란 말은 서로 속마음을 터놓고 마주한다는 뜻이다. 그런데 우리가 "격의 없이 대화하자."라고 말할 때는 대개 대화 상대가 서로 다른 직위나 직급에 있는 경우 또는 서로 이해관계가 명확하게 구분된 소속에 처해 있는 경우이다. 물론 친구들 사이에서도 "격의 없이 말하자."라고 말할 때도 있지만 이때는 솔직한 심정이 필요한 특수한 상황이 대부분이다.

회사와 단체, 상하 직위와 직급이 구분된 조직에서 구성원들이 격의 없이 대화를 하고 의견을 나누는 일은 사실 쉽지 않다. 우리나라처럼 서열을 중시하고 윗사람에게 대꾸하는 것을 무례한 태도로 여기는 문화에서는 특히 더 그렇다. 좋은 아이디어를 구하고 수평적인 소통 문화를 만들기 위해 우리 사회도 노력하고 있지만, 사장과 말단 직원이 스스럼없이, 격의 없이 대화를 나눈다는 것은 말처럼 쉽지 않다.

하지만 세계는 점점 탈권위주의를 지향하고 있다. 인간관계가 점점 평등해지고 있기 때문이기도 하지만, 수평적인 관계에서 격의 없이 나누는 대화에서 창의적인 생각과 아이템들이 쏟아지기 때문이다. 그리고 이러한 아이디어들은 아는 바대로 새로운 기술과 지식으로 이어져 경제적으로 큰 부가가치를 창출해 내기도 한다. 이런 연유로 특히 기업의 경우, 더욱 격의 없는 회의 문화와 조직 시스템을 만들려고 노력하고 있다.

나 역시 사람들과의 관계에서 '격의 없는' 태도를 지향한다. 가정에서든, 회사에서든, 단체에서든, 작은 모임에서든 위치와 직위를 구분하기보다는 마음을 트고 대화하는 것을 중시 여긴다. 그래야 우선 내가 편하기 때문이다. 무엇인가 마음에 담아 놓고 대화를 나눈다는 것은 여간 불편한 게 아니다.

한국 사회는 격의 없는 자리를 만들기 위해 회식 등 술을 곧잘 활용하기도 한다. 아직까지 우리나라 문화상 평상시에 격의 없게 회의하고 의견을 나누는 게 힘들기 때문에 술의 기운을 살짝 이용하는 것으로 추측된다. 그런데 때로 이런 술자리가 더욱 상사와 부하, 선배와 후배 사이의 격의를 더 생기게 하는 경우도 많다. 대개 그러한 술자리를 살펴보면 고급스런 주종이 탁자에 오를 때이다.

나는 '막걸리 스타일'을 추구한다. 우리 고유의 술, 막걸리는 대표적인 서민의 술이다. 부담 없이 김치 한 젓가락에도 먹을 수 있다. 막걸리는 누구나 술 한 잔의 정취를 맛볼 수 있도록 해 준다. 그래서 좋다. 여러 단체에서 회장과 다양한 중책을 맡고 있기 때문에 술자리가 제법 있다. 나는 그때마다 막걸리 또는 소주와 같은 주종을 권한다. 술자리를 함께한 사람들의 격의가 없어지기 때문이다. 막걸리나 소주를 앞에 두고 있으면 앞자리에 앉은 상대가 누구든 이상하리만큼 편하다. 마음이 편하면 속마음에 감출게 없다. 누구도 권위를 내세우지 않으니 술자리는 시끌벅적 유쾌하다.

하지만 위스키와 같은 고급술이 놓여 있는 술자리는 권위를 중요하게 여긴다. 상석 구분이 확실하고, 대개 '높은 사람'이 말을 많이 한다. 불편하니 서로 통할 게 별로 없다. 술자리를 나오면 어깨가 무지근하다. 높은 직급에 있는 리더들은 고급술의 이러한 특성을 잘 파악하여 좋은 의도의 술자리가 오히려 구성원간의 벽을 세우지 않도록 지혜를 발휘해야 할 것이다.

지도자가, 리더가 구성원들을 섬기고, 사람들을 존중하려면 가급적 모든 자리에서 수평적인 관계가 될 수 있도록 노력해야 한다. 특히 한국처럼 술자리가 많은 사회의 경우, 격의 없는 술자리 문화는 매우 중요하다. 지도자, 리더에게는 직함에 이미 '장' 자가 붙어 있기 마련이다. 굳이 그 '장' 자를 거들먹거릴 이유가 없다. 격의 없이 막걸리 한 잔을 받고, 건네 줄 때 비로소 인간 대 인간으로 우리는 대할 수 있다. 막걸리 한 잔에는 우리는 서로 평등한 인간이란 진리가 담겨 있다.

모두의 안녕을 기원하며 건배

# 05

# 요리

　나는 요리를 즐긴다. 그리고 잘한다. 웬만한 요리는 다 한다. 어렸을 때부터 직접 해 먹는 습관을 들여서 결혼 한후에도 부엌을 자주 드나들고 있다. 국민학교 3학년 쯤부터 손위 누님들이 다 밖으로 놀러나가고 어머님도 일하러 나가면 아궁이에 불 때서 밥도 해놓고, 이런 저런 찬들도 찾아내 내가 차려 먹었다. 틈나면 청소 같은 집안일도 스스로 했다.

　요즘도 요리를 곧잘 하는데 나는 늘 변화를 추구하는 타입이다. 예를 들어 고기와 곁들여 먹을 샐러드 하나를 만들어도 지난번에는 키위를 넣어 소스를 만들었다면, 이번에는 레몬 소스를 만들어 맛의 변화를 준다. 재료를 세세하게 손질하고, 독특한 양념으로 간과 향을 내고, 다양한 식재료로 하나의 완성된 음식을 만드는 과정이 재미있다.

가끔씩 고향에 내려가 친구들과 만나 운동을 하거나 시골 일을 하고 나면 으레 내가 식사 준비를 한다. 가마솥에 물을 끓여 닭백숙을 하거나, 고추장을 풀고 갖은 야채를 썰어 넣고 민물고기와 국수를 삶아 어죽을 만들어 낸다. 친구들이 여간 좋아하는 게 아니다. 1년에 한 차례씩 고교 동창 체육대회를 하는데 이때도 대개 내가 특별식을 만들어 친구들에게 대접한다. 어떤 친구는 내가 끓여낸 육개장을 먹고 싶어 체육대회에 왔다는 기분 좋은 말을 해주기도 한다.

가부장적인 문화가 여전한 우리나라에서는 남성들, 특히 중장년의 남성이 부엌에서 요리를 하는 모습이 아직까지도 낯설다. 지금도 시골의 어르신들은 남자가 부엌에 들어가면 큰일이라도 난 것처럼 생각하기도 한다. 괜히 남자가 대파를 썰고, 물을 끓이고 있으면 뭔가 초라해 보인다고 생각한다.

그러나 사실 요리는 인간에게 가장 중요한 생활문화다. 아니, 요리가 없으면 인간도 없다. 먹고살아야 하는 인간이 자연의 재료를 안전하게 다듬고 삶고 하는 과정이 바로 요리이기 때문이다. 이러한 음식 만드는 일을 우리는 너무 경시해 왔다. 누군가 차려주는 요리를 받아먹고 기대하는 것에만 익숙해져 있다.

인간은 어머니를 가장 위대한 존재로 여긴다. 나를 낳고 기른 어머니의 사랑과 희생을, 인류의 가장 고귀한 가치로 인간은 손꼽는다. 생각해 보자. 어머니란 말을 떠올릴 때 우리는 어떤 어머니의 모습을 생각하는가. 그렇다. 매일매일 어김없이 가족들을 위해 새벽부터 아침밥을 준비하시던 어머니의 모습, 곧 돌아올 남편과 자식들을 위해 늦은 오후부터 찌개를 끓이시고 계란을 부치시던 어머니의 모습일 것이다. 어머니가 그 사랑의 마음을 가장 많이 표현하고 드러냈던 수단이 바로 요리인 것이다.

요리에는 사랑이란 개념과 섬김이란 개념이 함께 있다. 누군가를 위해 요리하는 그 순간부터 누군가를 위하고 아끼는 마음이 자리 잡기 때문이다. 설령 음식을 먹는 그 상대가 미운 자일지라도 요리하는 사람은 이미 요리라는 행위로 그를 이해하고 섬기고 있는 것이다. 그를 먹여 살리고 있기 때문이다.

생각해 보면, 이웃을 섬길 수 있는 방법은 참 많다. 요리만 해도 수십 가지의 음식으로 남을 대접할 수 있다. 누군가를 위해서 야채를 다듬고, 불을 지피는 일은 나 자신에게도 참 행복한 일이다. 앞으로도 난 요리를 계속할 것이다. 요리는 가족을 섬기고, 친구를 섬기고, 이웃을 섬길 수 있는 행복한 수단이기 때문이다.

# 06

# **섬김은 군대에서도 가능하다**

　가끔씩 방송되는 텔레비전의 병영 프로그램을 보면 선임병들이 후임병들의 발을 씻겨 주는 장면이 나온다. 고참이 후임들을 섬기겠다는 의지를 보여 주는 세족식이다. 세족식의 결의가 언제까지 지속될지는 의문이지만 연례행사라도 이러한 섬김을 다짐하는 모습은 긍정적이라고 생각한다.

　한국 군대에 뿌리 깊은 구타 문화가 근자에 들어와서는 많이 개선되었다고 한다. 자율적이고 상호 협력적인 병영문화를 만들기위한 군의 노력이 조금씩 결과를 맺고 있는 것이다. 그러나 이따금씩 장병들의 갈등으로 인한 총기 사고 등의 뉴스를 들으면 '여전히 갈 길이 멀다.'라는 생각에 한숨이 나온다.

　군은 적의 무력도발에 항상 대비태세를 갖춰야 하는 국가방위의 최일선 조직이다. 엄격한 지휘계통과 일사불란함, 명령과 복종은 군의 자연스러운 특성이다. 이러한 조직 체계의 특성으로 일정 정도 선임이 후임을 엄격하게 대할 수밖에 없는 건 현실이다. 그러나 때때로 군의 조직 특성과는 무관하게 개인의 편의만을 극단적으로 추구하면서 선임과 후임의 갈등이 불거지기도 한다.

내가 군 복무를 했던 시절은 지금과는 비교할 수 없을 정도로 그야말로 무시무시했다. 매일 구타가 이뤄졌다. 시쳇말로 차라리 맞고 나면 맘이라도 편하지, 하루가 끝나갈 때까지 맞지 않으면 오히려 불안해 안절부절못했었다. 전쟁의 무서움이 가시지 않고, 툭하면 북한의 무장공비들이 침입했던 불안한 사회였기 때문에 군기확립의 강조는 당연했다. 하지만 구타 이유의 상당수는 고참의 분풀이였고, 얼차려도 과도했었던 게 사실이었다.

나 역시 매일 맞았다. 밤마다 보초를 서느라 잠도 못 잔 상황에서 훈련받고, 혹독한 내무반 생활을 하는 것은 정말 고역이었다. 함께 고생하는데 조금만 더 서로를 생각해 주면 얼마나 좋을까라는 생각을 매일 밤마다 했다. 그래서 나는 어느 날 결심했다. 내가 고참이 되면 절대 후임을 때리지 않겠다고. 그리고 나는 스스로와의 약속을 제대할 때까지 지켰다.

물론 때로는 '본전 생각'도 났다. 때리지 않는 고참에게 어떤 후임은 약게 대했다. 그래도 나의 첫 마음을 기억하고 때리지 않았다. 구타를 하지 않은 이유는 단순하다. 당해보니까 남의 심정을 이해할 수 있었기 때문이다. 매 맞기 전 그 두려움, 잘못하지 않을까 항상 걱정해야 했던 극도의 긴장감, 매 맞을 때의 그 아픔. 그리고 내가 왜 이렇게 혹독한 대우를 받아야 하느냐는 서러움과 이 시절이 언제 끝날까라는 막연함을 잘 알았기 때문이다. 적어도 나와 인연을 맺은 이들에게는 이러한 아픈 경험을 주지 않아야겠다고 생각했다.

군대와 같은 특수한 상황에서 인간이 서로를 섬긴다는 것은 참 어려운 일이다. 하지만, 입장을 바꾸어서 생각해 보는, 역지사지라는 단순하고도 명확한 마음을 가져 본다면 어떠한 환경에서도 섬김의 가치는 빛날 수 있다.

# 07

# 역지사지의 경쟁력

다른 사람의 입장에서 나의 언행을 되돌아보고, 문제의 원인을 짚어 보는 것은 언뜻 보면 자신에게는 손해가 되는 태도로 생각될 수 있다. 내 이익과 내 입장만 생각하기에도 급급한데 타인의 처지와 이해를 먼저 생각한다는 것이 각박한 현대사회에서는 공자님 말씀처럼 들릴 수도 있을 것이다.

나에게 역지사지는 내가 이 세상을 살아가는 데 큰 힘을 주는 경쟁력의 원천이다. 그 까닭은 이렇다.

나는 어떤 상황이든 주어진 환경에 적응을 빨리한다. 시시각각 변화하는 사회에서 적응력은 매우 중요한 생존 능력이다. 사업이든 대외 활동이든 어떤 모임에 일단 합류하고 나면 난 금방 일과 모임 그리고 사람들과 융화한다. 빠른 적응은 관련 비용을 감소시킨다. 빨리 적응했기 때문에 이제 그 다음 해야 할 과제들을 보다 신속하게 마주할 수 있게 되고 그 성과도 더 빨리 맺게 된다.

나의 적응력은 바로 역지사지 정신에서 비롯된다. 나를 먼저 생각하지 않고, 타인을 우선하는 배려의 자세에서 나온다. 생각해 보라. 어떤 단체에 합류했을 때, 내 입장과 의견을 중심으로 사람들을 대한다면 융화의 속도는 굉장히 느릴 것이다. 아니, 때로는 융화하지 못하고 결별해 버리는 결과에 이를 수도 있다.

그러나 이 단체는, 이 사람은 나에게 무엇을 기대할까, 이 일과 이 단체가 이렇게 될 수밖에 없는 이유는 무엇일까, 이 사람이 이렇게 행동하고 말하는 이유는 무엇일까 등등 입장을 바꿔 생각해 보면 금세 내가 어떻게 처신해야 하고, 일해야 하는지 파악할 수 있다.

이제 기업들도 화려한 스펙과 능력보다는 동료들과 잘 협력하고 어떤 상황에든 잘 적응할 수 있는 인재들을 선호한다고 한다. 화합과 협력에서 더 큰 성과를 맺고 있다는 실적 결과를 눈으로 확인하고 있기 때문이다. 과거에는 화려한 이력과 스펙을 중심으로 인재를 선발했지만 이제는 팀워크와 인성을 갖춘 인재를 찾고 있다.

역지사지는 나약하고 손해 보는 마음이 아니다. 다른 사람의 심정을 온전히 파악할 수 있다는 것은 그 사람이 처한 상황도 제대로 들여다볼 수 있다는 것이다. 즉 역지사지는 대립하고 있는 관계의 종합적인 면을 따질 줄 아는 능력이다. 입장을 바꾸어 다양한 상황에서 타인의 마음을 공감할 줄 아는 역지사지는 나의 경쟁력을, 우리의 경쟁력을 드높여 주는 우리 시대의 핵심 가치다.

선공후사(先公後私) 정신으로 평통 자문위원 역할에 최선을 다했다.

# 08

# 역지사지의 성공 사례

 

 

 

타인의 입장을 먼저 생각하고 나의 언행을 결정하는 태도는 나의 경우, 늘 좋은 결과를 맺게 했다. 그 가운데서도 가장 눈부신 성과는 바로 대한씨름협회의 변화다.

나는 2009년 대한씨름협회의 이사로 참여하게 됐다. 당시 협회는 구성원들의 상호 불신과 갈등으로 금방이라도 깨어질 것같이 불안한 상황이었다. 내부의 갈등은 외부에도 고스란히 비춰져 씨름협회의 주요 지원처인 정부와 방송국에서도 냉담한 태도로 일관했다.

갈등의 주원인은 협회의 불투명한 운영이었다. 회장에게 집중된 권한이 구성원들의 오해를 부르고, 또한 갈등의 빌미를 제공했다. 그 사이에 우리의 씨름은 국민으로부터 외면받아 가고 있었다.

주위의 권유도 있었지만 나는 더 이상 사태를 두고 볼 수 없었고, 결단을 내리고 회장직에 출사표를 던졌다. 그리고 선출되었다. 회장에 취임하자마자 나는 협회 내부 구성원들과 외부 관계자들의 입장을 고찰해 보았다. 저분은 왜 협회를 불신할까, 기득권을 놓지 않으려 했던 이유는 무엇일까, 저분의 입장에서 무엇이 해결돼야 협회를 신뢰하고 다시 씨름에 대한 열정을 회복할 수 있을까를 매일 생각하고 생각했다. 그러자 답이 나왔다. 지금은 회장인 나의 희생이 필요한 비상상황이었다. 구성원들과 외부 관계자들의 신뢰를 최대한 빨리 회복하기 위해 회장의 권리를 모두 내려놓았다.

회장에게 지급되는 수당을 받지 않았다. 협회 카드도 일절 사용하지 않았다. 사비를 들여 운영비를 충당했고, 예·결산 내역을 대내외에 투명하게 보고했다. 협회에서 오랫동안 헌신해 오면서 오해와 반목으로 돌아선 분들을 일일이 만나 그분들의 입장을 들어주고 협력의 접점을 모색했다. 최대한 빨리 움직였다. 미적거리지 않았다. 그리고 회장직을 맡은 4년 동안 이러한 원칙을 지속해 나갔다. 고맙게도 협회 관계자들도 꾸준히 힘을 보태 주셨다.

이제 대한씨름협회는 명실상부한 우리나라 고유의 문화인 씨름을 보존하고 육성하는 대표적 단체로 자리매김해 나가고 있다. 아직 고치고 보강해야 할 점들도 많지만 역지사지의 정신을 바탕

으로 개혁을 단호하게 실천해 나갔던 경험은 앞으로도 두고두고
협회의 자산이 될 것이라고 믿어 의심치 않는다.

2011 추석장사 대회. 씨름협회의 개혁 노력은 씨름의 부흥으로 이어졌다.

## 09

# 사회적 섬김

한 개인이 가족을 섬기고, 회사를 섬기고, 단체와 사회를 섬기는 일은 소중하다. 그러나 개인적 차원에서 섬김이 한정된다면 그 섬김은 오래가지 못한다. 개인의 섬김이 사회의 섬김으로 질적 변화해야 비로소 사회의 시스템이 바뀌고 사회가 한 단계 업그레이드할 수 있다.

사회적 섬김의 가장 큰 주체는 국가다. 국가가 다양한 계층의 국민을 섬기는 것이다. 이러한 국가를 복지국가라 하는데 사회 안전망 확충을 비롯해 모든 국민들이 편안하고 행복한 삶을 살 수 있도록 국가가 세심한 정책적 노력을 기울일 것을 강조한 국가 체제다.

그러나 국가도 모든 것을 책임질 수는 없다. 그럴 수만 있다면 좋겠지만, 아직 경제 성장이 부족하고 우리나라처럼 분단된 특수한 현실에서는 복지국가를 실현하기에는 예산의 걸림돌이 많다. 아울러 성실한 개인의 자세와 책임을 촉구하는 자본주의 사회에서 국가가 무턱대고 공적 자원을 복지 분야에만 투입할 수는 없는 노릇이다.

그래서 국민 간의 자발적인 섬김과 나눔의 정신이 필요하다. 특히 개인 차원이 아닌 단체와 기업 차원 등 비정부기구 차원의 자발적 봉사가 중요하다. 지역 사회의 봉사단체나 또는 정부 및 유관 기관 등을 통해 각 개인들이 연합하여 사회적 섬김을 실천해 나간다면 그 나눔의 힘은 개인의 그것보다 훨씬 큰 영향력을 발휘해 나갈 것이다. 이런 차원에서 각 기업이 사회적 공헌활동을 열심히 펼치고, 민간 차원의 봉사단체가 늘고 있는 것은 바람직한 현상이다.

민간 차원의 봉사와 협력은 구성원 간의 갈등을 미연에 방지해 갈등으로 소요되는 사회비용을 절감시키고 사회의 경쟁력을 강화시키는 원동력이 된다. 즉 단순히 봉사와 나눔이 문화 확산으로 그치는 것이 아닌 국가의 경제적 역량을 키우는 밑바탕이 될 수 있다. 국가가 성장하면 복지 혜택도 더욱 커지고 혜택이 모든 계층에 두루 적용되면서 우리가 희망하는 선진 국가를 이룰 수 있을 것이다.

박용성 중앙대학교 이사장, 이규환 중앙대학교 행정대학원 원장과 함께

주위의 내가 소속할 만한 섬김의 사회단체가 있는지 둘러보고, 가능하면 가입하여 사회적 섬김과 나눔을 실천해 보자. 혹 특정 단체 소속이 부담된다면 간헐적으로라도 사회적 약자를 돕고 섬길 수 있는 방법들을 찾아보는 것도 좋겠다. 섬김의 공덕이 결국 자신에게 돌아온다는 믿음을 잊지 말자.

# 10

# 탈북자

우리 사회에는 많은 부류의 사회적 약자들이 있다. 이들은 대개 경제적인 문제를 함께 안고 있어 사회의 공적 돌봄이 절실하다. 특히 탈북자들의 경우 그 특수한 신분에 비춰 볼 때 보다 세심한 배려와 관심이 요구된다.

나는 현재 강서경찰서 보안협력위원장을 맡고 있다. 경찰서의 보안과는 북한 이탈 주민들이 온전히 우리나라에 정착될 수 있도록 지원하는 역할을 하는데, 보안협력위원회는 이러한 업무를 민간 차원에서도 함께 지원해 줄 수 있도록 만들어진 기구다.

보안협력위원회를 통해 탈북자들을 만나게 되는데 그 때마다 마음 한편이 아프다. 단지 북한에서 태어났다는 이유로 서슬 퍼런 독재정권 하에서 경제적 착취를 당해야 하는 북한 주민들의 현실이 떠오르고, 이를 벗어나기 위해 죽음을 무릅쓰고 대한민국을 찾은 그들의 고초가 느껴지기 때문이다.

이들이 마음의 짐을 놓고 잠시나마 웃을 수 있도록 보안협력위원회는 정기적으로 공연 등의 행사를 개최한다. 그리고 이들의 안정적인 정착을 위한 강연 프로그램도 실시한다. 강서구민회관이나 등촌동 도시가스공사 강당을 빌려 행사를 주로 연다. 이 시간

새터민 위문품 전달

추석맞이 북한이탈주민 위문품 전달(13.9.10)

을 통해 대한민국의 따뜻한 정이 조금이라도 느껴질 수 있도록 보안협력위원회 위원들은 정성을 다해 이들을 섬긴다.

그들에게는 부족할지도 모른다. 그래도 우리가 할 수 있는 것은 해야 되지 않을까 하는 마음에 행사를 준비한다. 부디 용기를 잃지 말고 새로운 체제의 대한민국에서 열심히 살아가길 기도할 뿐이다.

탈북자처럼 우리 사회에는 특수한 상황에 처해 남모른 고통을 겪고 있는 이들이 있다. 먼 나라에서 코리안 드림을 꿈꾸며 건너온 외국인 근로자들과 다문화 가정의 신부, 조국을 위한 전장에서 희생당한 상이용사들 그리고 전사자 가족 등등 둘러보면 참 많다. 우리는 이들에 대해 각별한 주의를 기울여야 한다. 자칫 복지의 사각지대, 관심의 사각지대에 처하게 되어 더 큰 소외감을 느낄 수 있다.

사회가 특수한 처지에 놓인 사람들을 일일이 기억하고 관심을 가져준다면 모든 구성원들도 점차 안심할 것이다. '아, 우리 사회는 이렇게 섬세하구나, 이처럼 국민을 섬기는구나.' 하면서 말이다.

# 11

# 자치적 섬김

풀뿌리 민주주의는 민주주의의 근간이다. 주민 자치야말로 민주주의를 실현하는 가장 최고의 가치이자 제도이다. 중앙집권제가 발달한 우리나라의 경우 아직 지방자치가 성숙하지 않았지만, 주민자치와 지방자치제도는 점점 발달해 갈 전망이다.

정치에도 자치가 필요하지만, 섬김과 나눔에도 자치적 정신이 필요하다. 당연히 섬김과 나눔은 스스로 하는 것이지만, 자치적 섬김이란 지역 주민들의 자발적인 협력을 중심으로 한 봉사를 의미한다. 즉 개인의 차원을 넘어섬 더불어 하는 섬김을 뜻한다.

이런 맥락에서 나는 내가 거주하는 지역을 중심으로 한 몇몇 자치단체에 속해 자치적 섬김을 실천하고 있다. 이러한 단체에서 봉사를 하면, 이웃들과 교류하는 등 세상 사는 재미들도 느낄 수 있어 좋다.

우선 내가 살고 화곡 1동을 근거지로 한 '화원회'의 회장을 맡아 봉사하고 있다. 섬김과 봉사는 자신이 거주하고 있는 데서부터 시작해야 한다고 나는 생각한다. 내가 사는 거주 지역을 아끼고 사랑해야 더 나아가 강서구를, 서울시를, 대한민국을 걱정하고 아낄 수 있다.

이외에도 강서소방서의용소방대장과 강서자율방범연합회자문위원장, 강서구배드민턴연합회 상임고문, 민주평화통일자문회의 강서구1지회장, 강서경찰서보안협력위원장 등을 맡아 지역 사회 섬김의 작은 부분을 담당하고 있다. 열거해 놓은 단체명만 보아도 알 수 있겠지만, 나는 개인적으로 사회 각 분야의 일들에 관심이 많다. 그래서 봉사도 소방, 방범, 생활체육, 통일, 치안 등 다양한 분야에서 하고 싶어 이처럼 활동하고 있다.

위의 단체들은 정부 또는 자치단체와 관련된 유관 기관들이어서 완전한 자치 봉사단체는 아니다. 그래도 이 단체에 소속된 회원들 모두 대개 지역을 아끼며, 지역 일에 관심이 많다. 지방 자치가 발달되어 갈수록 이러한 주민들의 자치적 섬김의 경험들은 우리 사회의 성장에 큰 밑거름이 될 것이다. 이러한 민간단체에서 지역 사회와 이웃을 돌아보는 일을 하는 것은 내가 사는 지역을 더 사랑하게 만들고, 사람들과 함께 살아가는 삶의 재미를 준다는 점에서 더 의미 있다.

사람을 사귀는 일은 인간에게 더없이 큰 즐거움을 주는 행위다. 함께 복닥거리고 울고 웃으면서 삶의 의미를 찾는다. 그런데 좋은 일을 하겠다고 사람들이 모이고, 게다가 동네에서 함께 살아가는 이웃들이 모인다면 어떠하겠는가. 친구를 만들기 위해, 사람들을 사귀기 위해 동호회를 만들고, 인터넷 카페를 만들며 노력하는 세상이다. 멀리서부터가 아닌 가까운 곳에서 그리고 지역의 여러 모임에서 선한 일을 도모하며 사람을 사귀는 일은 생각보다 흥겹고

김귀찬 강서경찰서장 승진 축하 대구지방경찰청 방문 기념

가치가 있다. 이웃과 유대 관계를 맺으면서 우리 사회의 도움이 필요한 곳에 함께 온정의 손길을 내밀고 그러한 과정에서 조금씩 따뜻해지는 지역의 모습을 확인할 때 우리의 마음도 행복으로 충만해질 것이다.

누군가를 밟고 일어서는 것보다는
힘들어하는 이의 손을 잡고 어깨를 토닥여 줄 때 세상은 더 발전할 것이다.

믿음 없는 관계는 지속될 수 없다. 신뢰가 없는 사회는 희망이 없다. 인간은 사회적 동물이다. 인간이 동물과 다른 이유는 사회를 구성할 수 있는 능력이 있기 때문이다. 사회는 구성원들의 계약으로 형성된다. 계약은 신뢰를 생명으로 한다. 신뢰가 없는 사회는 곧 계약이 깨져버리고 말 것이다. 불신은 두려움을 준다. 신의 없는 사회에서는 갈등과 반목만이 난무할 테고, 사회는 지속가능할 수 없게 된다. 나부터 신의를 지켜야 한다. 작은 약속도 지키는 훈련이 필요하다.

## 01

# 인생의 철칙

사람의 갈등은 대개 약속을 어길 때 비롯된다. 약속의 내용이 중대하고 상대의 삶에 큰 영향을 미치는 경우라면 약속 파기는 때때로 치명적인 사건을 불러오기도 한다.

약속의 사전적 의미는 '다른 사람과 앞으로의 일을 어떻게 할 것인가를 미리 정하여 둠'이다. 약속의 한자말은 맺을 약, 묶을 속이다. 즉 타인과 내가 미래에 함께 해야 할 일을 정하고 그 맺은 일정과 내용에 따라 자신의 시간과 계획을 묶는다는 말이다. 약속을 이행하는 것이 사람 관계에서 중요한 이유가 바로 여기에 있다.

인간은 현재를 살면서 동시에 항상 미래를 염두하고 산다. 그러므로 미래는 현재를 결정하기도 한다. 다가올 앞날에 어떠한 계획이 설정되어 있다면 그 일정에 따라 지금의 시간을 사용한다. 지금 내가 시간을 어떻게 보내고 있느냐는 나의 존재를 확인시켜 주는 행위이다. 그런데 약속된 미래를 위해 시간을 보내고 살아왔는데, 갑자기 그 약속이 상대방에 의해 깨진다면 어떻겠는가. 약속을 위해 보내온 시간과 미뤄둔 일들이 갑자기 쓸모없이 된다면, 궁극적으로 자신의 존재가 무시당한다는 느낌을 가질 수밖에 없다. 당연히 갈등이 일어나는 것이다.

약속을 지키는 것은 내 인생의 철칙이다. 내가 뱉은 말은 반드시 지킨다는 각오를 난 늘 되새긴다. 의도가 어떻든 간에 약속을 어기는 것은 상대방의 미래와 현재를 기만하는 것이기 때문이다.

하지만 살아가면서 모든 약속을 지키는 것은 말처럼 그리 쉽지 않다. 불가피한 사유로 약속을 어길 수밖에 없는 상황들이 우리에게는 곧잘 닥치기 때문이다. 그래서 나는 약속하는 일에 신중을 기한다. 그렇다. 약속도 하나의 일이다. 단지 말로 하기 때문에 약속이 일처럼 느껴지지 않지만 약속은 미래에 해야 할 일이란 점에서 분명히 일이다. 게다가 나 혼자 하는 일도 아니고 타인과 함께 해야 할 일이다.

나폴레옹은 이런 말을 했다. "약속을 지키는 최선의 방법은 약속을 하지 않는 것이다." 약속을 지키는 것의 어려움을 역설적으로 표현한 말이다. 이처럼 약속하는 일을 보다 무겁게 여기고 상대와 말을 한다면 지키지 못할 약속을 하는 경우가 줄어들게 된다.

약속 잘 지키는 사람에게 우리는 '신뢰 있는 사람', '신의 있는 사람'이란 평가를 한다. 믿을 수 있는 사람이란 말, 사람에 대한 최고의 평가 아닐까. 이처럼 약속에 충실하고, 충실하려 노력하는 사람은 우리 사회에서 최고의 평판을 들을 자격을 갖춰가고 있는 셈이다.

인간이기 때문에, 또 예상치 못한 상황이 발생해서 약속을 이행하기 어려울 때도 있다. 그래서 약속을 지킬 수 없는 경우가 생기

사무실에서 근무 중에. 신의는 성실에서 비롯된다.

지 않도록 우선 지킬 수 있는 말만 하도록 노력해야 한다. 그리고 혹여 약속을 지킬 수 없을 때에는 사전에 상대방에게 충분한 설명과 이해를 구한다. 그리고 그로 인해 발생하는 손해는 내가 감수한다.

약속을 지키는 사람은 떳떳하다. 구질구질하지 않다. 명료하기 때문에 사람들이 신뢰한다. 신뢰 받는 사람은 늘 환영받는다. 신뢰 있는 사람들이 많은 단체와 사회는 늘 서로 환영해 주기 때문에 행복하다.

# 02

# 신뢰는 경제적

신의는 모든 직업군의 인간에게 중요한 덕목이다. 국민을 대상으로 국가와 지역의 미래를 끊임없이 정책으로 말해야 하는 정치인에게 신의는 생명과도 같다. 학생들을 가르치는 교육자에게도 신의는 절대적인 조건이다. 나라의 백년지대계인 교육을 책임지는 선생님이 말 따로 행동 따로 한다면 교육은 무너지고 나라의 미래도 기약할 수 없게 된다.

특히 기업인에게 있어 신의는 경영의 가장 중요한 요소다. 물론 합리적 경영 능력과 오랜 경험에 걸친 노하우, 최첨단 기술의 확보, 튼튼한 자본력 등도 기업 생존의 중요한 요소다. 그러나 아무리 이러한 경영 요소들을 갖추었다 하더라도 신뢰를 지키지 않는 기업은 오늘날 더 이상 살아남기 힘들다.

기업에게 신뢰가 절대적으로 중요한 경영 요소라는 말은 기업이 추구해야 할 가치의 최고 우선순위가 신뢰라는 것이다. 신뢰를 바탕으로 합리적이고 효율적인 경영 능력과 노하우를 발휘하고, 신뢰를 지키기 위해 우수한 제품을 생산하는 등 신뢰를 기반으로 모든 경영활동을 전개할 때 더욱 경쟁력 있는 기업으로, 사회의 발전을 선도하는 기업으로 성장할 수 있다.

눈앞의 이익 때문에 고객과의 약속, 직원과의 약속을 저버리는 것은 우매한 행동이다. 단기적으로는 실리를 챙길 수 있을 것 같지만, 장기적으로는 안 좋은 평판이 생길 것이고 이는 경영의 걸림돌로 작용해 오히려 손해를 가져온다. 이러한 점은 무엇보다 기업들이 더 잘 파악하고 있다.

수년 전부터 기업들은 '고객에게 신뢰받는 기업'을 최고의 모토로 삼고 고객 만족 경영을 전사적인 차원에서 실천하고 있다. 전세계를 무대로 무한 경쟁을 하게 된 기업들이 고객에게 신뢰받지 못할 때 생존할 수 없다는 사실을 실제로 경험하고 있기 때문이다. 이러한 면에서 오늘날 신뢰, 신의는 경제적인 관점에서도 결코 간과할 수 없는 핵심 가치다.

기업 경영뿐만 아니라 개인에게도 약속을 지키는 일은 오히려 경제적이다. 약속을 깨면, 그에 대한 수습과 일 처리로 외려 시간적, 정신적으로 피해가 생겨 자기 일에 몰두하기가 어렵기 때문이다. 약속을 미루고, 취소하기보다는 애초의 말대로 행동하는 것이 일처리에 있어서도 훨씬 효율적이다. 물론 약속을 어겨놓고도 태평하게 자기 일을 하는 사람들도 있겠지만 누가 그들에게 새로운 일을 맡기겠는가. 누가 그들과 다가올 미래를 기약하고, 함께 계획을 수립하겠는가.

## 03

# 무욕의 자세

인간의 삶은 경제적인 영역과 밀접하게 관련되어 있다. 쉽게 말해서 돈과 결부된 일들이 많다는 의미다. 그런데 사람들은 본래적으로 자기 이익을 우선해서 추구하는 경향이 있다. 문제는 각자의 이익이 충돌할 때인데 이러한 경우에도 자신의 이익을 먼저 앞세우는 경향이 있어 사회에서 갈등이 끊이지 않는 게 현실이다. 이런 연유로 인간은 '무소유'를 실천했던 법정 스님과 같은 분들을 존경하고 그러한 무욕을 우리가 추구해야 할 가치로 받들고 있다.

나도 이득을 추구하며 사는 한 명의 평범한 사람이다. 하지만 갈등을 좋아하지 않기에 누군가와 이익이 상충될 때 내 이익만을 우선시하기보다는 협의점을 찾고 상생의 길을 모색하려 노력해야 한다. 그런데 때로는 기대될 수 있는 '이득'을 완전히 포기하고 오히려 나의 것을 내놓아야 하는 무욕의 삶을 실천해야 할 상황도 있다. 평생을 법정 스님처럼 무소유의 삶을 살 순 없지만, 어느 특정한 시간에는 무소유의 자세를 취해야 나도, 나와 관계된 조직도 살 수 있는 경우도 있다. 대한씨름협회 회장으로 일했던 4년여의 기간이 나에게 바로 그러한 시간이었다.

대한씨름협회 회장으로 재직하면서 가장 중시했던 운영 방침은 투명성이었다. 그동안 협회는 금권을 둘러싸고 갈등과 불신이 팽배해 시비와 고소가 난무했다. 특히 협회 회장은 직무 수당을 받고, 협회 카드도 사용할 수 있는 권한이 있어 항상 논란의 자리가 되었다. 즉, 돈 때문에 협회는 신뢰가 바닥까지 떨어져 있었던 상황이었다.

사실 우리나라의 씨름계를 책임지는 대한씨름협회의 회장으로 일하는 것은 만만치가 않다. 수많은 사람들을 만나야 하고, 다양한 사업들을 추진해야 하며, 많은 시간과 정력을 할애해야 한다. 당연히 많은 경비가 들어갈 수밖에 없다.

그러나 회장직에 취임하자마자 나는 업무 관련 수당을 받지 않겠다고 선언했다. 그리고 4년 간 협회카드로는 10원도 쓰지 않았다. 오히려 부족한 부분은 사비를 출연해서 충당했다. 그리고 예·결산 내역을 비롯한 협회의 운영을 모두 투명화 시켜 논란의 대상이 된 지난 관행을 일소하기 위해 노력했다.

이처럼 수당 수령과 협회카드 사용을 마다한 이유는 협회 구성원들의 신뢰를 회복하기 위한 특단의 조치였다. 협회의 정상화와 깨끗한 이미지로의 개선을 위해선 회장의 희생이 필요했다고 판단했다. 회장이 아무런 물적 욕심 없이 오직 협회의 개혁과 씨름의 발전을 위해 일하겠다는 진정성을 확인시켜 주기 위해선 그 방법밖에 없었다.

판단은 옳았다. 협회 임원들은 회장을 신뢰하기 시작했고, 그러자 정부와 언론에서도 개혁에 대한 협회의 진정성을 믿어주기 시작했다. 그리고 이러한 믿음 위에서 씨름계 활성화를 위한 다양한 방안들을 추진했다. 신뢰가 기반이 되자 실무적인 개혁 방안들도 착착 진행되었다. 사람들이 믿고 따라주며 힘과 지혜를 보태주었기 때문이다.

협회 발전은 씨름 활성화를 선도했다. 외국인들도 씨름의 매력에 빠지고 있다.

이때의 경험은 나에게 무척이나 소중하다. 자기 욕심을 버리는 무욕의 자세는 신뢰를 회복하고 유지시켜 주는 가장 신속하고 확실한 방법임을 절실히 깨달을 수 있는 시간이었다.

## 04

# 신의의 적, 돈

돈은 필요하다. 열심히 일해서 돈을 벌어 나와 가족의 안녕을 책임지고, 나아가 사회와 이웃의 복지에 이바지하는 것은 매우 중요하다. 하지만 땀 흘려 일하지 않고 거저 번 돈, 그리고 나와 가족, 사회와 이웃에 안녕하지 못한 돈은 필요 없다. 아니 그러한 돈은 모든 악의 근원이다.

일확천금을 바라는 마음을 품기 시작하면 엉뚱한 생각을 품게 된다. 나를 돌아보고, 이웃을 돌아보는 생각이 아닌 오히려 나와 남을 해하는 생각이 가지를 치게 된다. 신뢰가 깨지는 것이다. 그리고 불행이 몰려온다.

그래서 나는 도박을 안 한다. 고스톱, 포커 등은 아예 손에 잡지도 않는다. 물론 재미로, 친목으로 가볍게 화투를 치는 분들도 많

다. 화투가 어르신들 치매에 도움도 된다는 말도 있다. 그처럼 과
도하지 않게, 절제가 가능하면서 즐기는 것은 나도 나쁘지 않게
생각한다. 이따금 화투를 즐기고 있는 곳에 가면 하지 말라 강요
하지 않는다. 그저 구경만 할 뿐이다.

내가 지금까지 화투장 한 번 잡아보지 않은 이유는 일하지 않고
쉽게 들어오는 돈과 엮이면 항상 나쁜 마음이 자리 잡게 된다는
사실 때문이다. 주인 없는 돈과 관계되면 항상 사람들 사이에 갈
등이 생긴다. 그래서 나는 이를 미연에 방지하기 위해 일절 하지
않는다.

때로는 주위로부터 고스톱도 못 치냐며 '바보' 소리를 듣기도
한다. 그래도 난 그런 '바보' 소리는 좋다. 건강한 생각의 힘, 올바
른 성찰의 힘을 방해하는 것, 인간의 신뢰를 깨버리는 것들을 굳
이 내 생활 속에 끼어 넣고 싶지 않다. 앞으로도 '바보'란 말을 기
꺼이 들을 것이다.

## 05

# 신의는 헌신에서부터

대한씨름협회 회장으로 취임하면서 협회의 재건을 위해 동분서주하면서 여건이 허락되면 꼭 일본에 가서 선진적인 스모 경기 문화를 배워오고 싶다는 생각을 자주했다. 우리의 씨름판을 개선하고 개혁을 하려면 자구책도 중요하지만, 앞선 경기 문화를 벤치마킹하는 것도 중요하다고 판단했기 때문이다. 일본의 스모는 씨름 경기와 유사하다는 점에서 벤치마킹의 적격한 대상이었다.

그러나 협회 회장으로 취임한 지 얼마 되지 않아 일본을 다녀오면 아무리 목적이 좋아도 이런 저런 구설수에 휘말릴 수도 있겠다고 생각했다. 입장을 바꿔 생각해 보면, 나 역시 신임 회장의 출장이 달갑지 않았을 것이다. 하지만, 견학을 무작정 늦출 수도 없었다. 씨름 발전의 청사진을 마련하려면 보다 빨리 선진적 스모 경기문화를 눈으로 직접 보고 배우는 게 필요했다.

그래서 출장 경비를 나의 사비로 충당하기로 했다. 사비를 들여간다면 협회에 대한 회장의 진심과 애정을 누구나 이해해 줄 것이라고 생각했다. 이렇게 해서 대한씨름협회 박승한 부회장과 이승삼 전무, 성석윤 사무국장 그리고 나를 포함한 4명의 대표단은 2010년 5월 19일 일본을 방문했다.

일본올림픽위원회와 세계스모연맹의 적극적인 도움으로 일본의 발전된 스모 경기를 온몸으로 체감할 수 있었다. 대규모 스모 전용경기장과 일본대학교 스모부 훈련장, 일본 국가트레이닝 센터 등을 견학하고, 다나카 세계스모연맹 회장 등으로부터 스모의 육성과 관련 있는 살아있는 경험담을 들을 수 있었다. 다나카 회장은 세계 90여 개국을 방문하여 각 국에서 스모 대회를 개최하고, 스모의 우수성을 홍보해 현재는 80여 개국의 선수들이 세계 스모협회 선수로 등록되어 있다고 말했다. 스모의 세계화를 위한 노력에 고개가 절로 숙여졌다. 아직 갈 길이 먼 한국 씨름의 세계화 여정에 마음이 편치 않기도 했다.

일본의 선진적인 경기 문화를 체험한 우리 대표단은 귀국 후 보다 합심하여 씨름 경기 문화의 발전을 위해 노력했다. 또한 일본 방문의 성과를 협회 구성원들과 공유해서 우리의 방문이 어느 개인의 것이 아닌 단체의 것이 될 수 있도록 했다.

이러한 일련의 노력은 협회 구성원들의 신뢰 관계를 더욱 돈독하게 만드는 계기가 되었다. 이 때 새삼 깨달았다. 열악한 상황에서 신의를 쌓기 위해서는 리더의 희생이 필요하다는 것을 말이다.

**06**

# 채명신 장군

지난 2013년 11월 28일 뉴스를 가득 채운 인물이 있었다. 바로 채명신 장군이었다. 이날은 고 채명신 장군이 동작동 국립현충원에 안장되던 날이었다. 초대 주월사령관으로 이름을 떨치던 고 채명신 장군은 장군묘역이 아닌 파월 사병묘역에 묻혔다. 고인의 유지였다. 장군묘역은 8평이고 장군묘비는 높이 90cm, 가로 36cm이다. 그러나 고인의 묘역은 일반사병과 똑같은 1평, 묘비도 사병묘비와 같이 높이 76㎝, 가로 30cm였다.

장군은 평소 운명을 다하면 월남전에 생사고락을 함께한 참전 사병들 옆에 묻히길 희망했다. 그는 지위고하를 막론하고 동고동락한 사병들과 죽어서까지도 함께하겠다는 그의 말이 부디 지켜지길 바랐다. 지금까지 사병묘에 장군이 묻히는 전례는 없었다.

하지만 최고위층의 배려로 고인은 사병묘역에 안장되었다. 고 채 장군은 신의를 끝까지 지킨 것이다.

고 채 장군의 신의가 아름다운 이유는 그 신의의 내용에 있다. 이름 없이 전장에서 죽어 간 병사들의 생명과 죽음이 얼마나 고귀했는지 그는 알고 있었다. 그에게 '장군'은 단지 직함이었을 뿐이다. 죽음 이후 그는 '직함'을 던져 버리고, 사병들과 같은 한 인간으로서 함께하고 싶었다. 아마 그들을 위로하고 싶어서였을 것이다.

그리고 그러한 장군의 깊은 정신은 지켜졌기에 더 아름답고, 시대의 귀감이 될 수 있었다. 자기 말을, 상대에 대한 믿음을 지켜주는 일은 그 자체로 소중하다. 장군처럼 두터운 신의를 가진 이들이 우리 시대에 더 많아지길 소원한다.

## 07

# 동료들과의 신의

우리는 때때로 지근거리에 있는 사람들에게 소홀히 한다. '내 사정을 누구보다 잘 알 테니 이해해주겠지. 다른 사람들은 몰라도 내 동료들이니까, 가족들이니까 나에게 좀 더 너그럽게 대해 주겠지.'라고 생각하기 쉽다. 물론 그들은 나의 강력한 우군이다. 하지만 그렇다고 해서 그들에게 더 많은 것을 강요하거나 약속을 지키는 일을 게을리하는 것은 안 될 말이다. 오히려 가까이에 있는 사람들에게 신의를 얻어야 한다. 동료, 가족들이 보내 주는 신뢰는 난관을 이겨내고, 도전을 성사시키는 다른 무엇보다 강력한 자본이다.

한 기업에서 경영인이 직원들에게 신의를 지킨다는 것은 사실 굉장히 어려운 일이다. 굳세게 신의를 지키고 싶어도 본의와 다르게 지킬 수 없는 상황이 생길 수밖에 없다. 특히 오늘날처럼 세계가 복잡다단하게 엮이고, 서로 강하게 영향을 주고받는 시대에선 더욱 그렇다.

나 역시 한 명의 경영인으로서 오랜 세월 회사를 운영해 오면서 직원들과의 약속을 지키기 어려운 상황에 많이 부닥쳤었다. 자금난도 겪고, 당장 내일이 불투명할 때도 있었다. 그러나 그럴 때일수록 직원들과의 약속을 지키기 위해 최선을 다했다. 신뢰를 지키기 위해 내 것을 포기할 때도 있었다. 아울러 협력사를 비롯한 거래처의 신뢰도 잃지 않기 위해서도 마찬가지였다.

신뢰를 지키려고 노력하는 모습을 보여주는 것만으로도 나의 진정성은 직원들에게, 협력사에게 전달되었다. 그리고 나를 믿어준 그 신뢰는 역시 나를 또 다시 한번 일으키는 힘이 되어 주었다. 신뢰가 신뢰를 낳고, 그 신뢰가 발전의 발판이 되었고 오늘날 나를 있게 해주었다.

주목할 또 다른 사실은 신뢰가 조직에 긍정의 에너지를 불러일으켜 준다는 점이다. 서로 신뢰하는 사람이 한데 모여 일을 하고, 밥을 먹고, 회의를 하면 편하고 좋지 않겠는가. 당연히 이러한 회사의 신뢰 분위기는 회사의 생산성 향상에 긍정적 영향을 미치게 된다.

신의를 지키는 것이 어려운 사회일수록 우린 더더욱 신의를 지켜야 한다. 지키기 어려운 가치이더라도 끝내 지켜낼 때 인간은 어려움을 극복하고 더 발전된 사회를 가져올 수 있었음을 인류의 역사는 보여준다. 지키기 어렵다고 쉽게 포기하고, 내팽개칠 때 그 사회는, 조직은 결국 파국으로 치달았다.

중앙대학교 강서행정대학 총동문회 회장 취임식에서
박용성 중앙대 이사장, 이규환 중앙대학교 행정대학원 원장과 함께.

# 08

# 준법

신뢰 있는 사회의 기본 전제 조건은 사회 성원들이 법을 잘 따르는 것이다. 법은 사회 구성원들의 약속의 결정체다. 법을 지키지 않으면서 신뢰를 강조하는 것은 어불성설이다.

아무리 법이 자기에게 불리하다고 쉽게 법을 어기고, 이러한 법 경시 문화가 만연한 사회는 희망을 가지기 어렵다. 법이 무너지면 충돌과 갈등만이 남기 때문이다.

나는 지금까지 살면서 경찰서에 한 번도 간 적이 없다. 강서경찰서 보안협력위원회 위원장을 맡게 돼 경찰서에 들락거리게 된 것이 첫 경찰서 출입이다.

일부러 법을 지키려 노력하면서 산 것은 아니지만 물 흐르듯 살아오다 보니 법의 테두리 안에서 별 탈 없이 잘 살아왔던 것 같다. 살면서 어떤 송사나 시비에 휘말리지 않고, 또 교통사고 등 나의 의지와 무관하게 우연적으로 발생하는 사건사고를 겪지 않는 것도 사실 천운이다. 특히 크고 작은 사고와 신종 범죄가 연일 매스컴에 오르락내리락 하는 현대사회에서 '무탈'한 것처럼 큰 복도 없다. 그래서 우리네 어머님들은 자나 깨나 자식들만 보시면 조심하라고 사랑의 잔소리를 끊임없이 하셨다.

사건사고에 휘말리지 않는 것도 중요하지만 법에 저촉되지 않는 생활과 생업을 유지하는 것도 인생의 중요한 의무다. 그러기 위해선 자신의 일과 관련된 법들에 대한 어느 정도의 상식도 필요하다. 일반 국민이 법률에 대한 교양을 쌓는 게 우리 현실에서는 다소 어렵지만, 개인 스스로도 자신의 생활과 생업과 연관된 법률 사항들은 기본적으로 알아두는 습관이 필요하다고 본다. 아울러 국가에서도 이러한 법 상식들을 국민들이 잘 알 수 있도록 다양한 교육 프로그램을 시행하는 게 바람직하다.

무엇보다 법을 준수하겠다는 의지가 중요하다. 우리 사회는 지금 준법 의지가 약하다. 노사 갈등부터 시작해서 사회의 이해관계가 충돌하는 현장에서 조금만 자신들의 견해와 벗어나면 쉽게 법을 어기는 풍조가 만연하다. 불합리한 제도와 법은 대화와 타협으로 시간을 두고 개정해 나가야 한다. 법은 어느 누구 특정 대상만을 위해 존재하지 않는다. 국민 전체에 해당되는 만인의 법이다.

그런 점에서 법은 보수적일 수밖에 없다.

 매일 하루를 지내면서 모든 국민들이 준법의 의지를 조금씩만 다진다면 대한민국의 신뢰지수는 금방 높아질 것이다. 그리고 이러한 신뢰는 사회적 갈등과 관련한 사회적 비용을 줄이고 우리 경제가 한 단계 도약하는 밑거름이 될 것이다.

# 09

# 신뢰의 밑거름, 집중

신뢰 있는 사람이 되려면 정직성과 약속을 준수하려는 노력이 절대적이다. 그러나 그보다도 더 기본적인 사항이 있다. 바로 상대방의 말과 의견에 대한 집중이다. 아무리 정직하고 선하다고 해도 타인의 말에 좀처럼 집중하지 못한다면 모든 게 소용없다. 상대와 어떤 말을 나누고 약속을 했는지도 기억을 못한다면 그 내용을 정확히 지켜낼 수 있겠는가.

업무에서든 일상생활의 대화에서든 상대방의 말을 소중히 여기고 귀 기울이는 집중력이 필요하다. 사람들은 안다. 나의 말에 상대가 집중하고 있는지, 건성으로 듣고 있는지를. 대강 흘려듣고 있다고 판단될 때, 이미 신뢰에 금은 가기 시작한다.

집중도 노력이 필요하다. 그래서 나는 평소에도 집중하는 습관을 가지려 노력한다. 일례로 나는 영화 한 편을 봐도 긴장감을 가지고 본다. 등장인물들의 행동과 대사 하나 하나를 집중해서 본다. 그렇게 보면 영화의 세부적인 묘미도 간파하게 되고 그러면 영화의 재미는 배가 된다. 솔직히 나이가 들면 들수록 사소한 일에 집중하기 힘들다. 하지만 작은 일에도 정신을 집중해서 몰입한다면 두뇌 건강에도 좋고 기억력에도 긍정적 영향을 미친다.

하지만 인간의 집중력과 기억력에도 한계가 있다. 그래서 메모를 해야 한다. 젊었을 때부터 나는 메모하는 습관을 들여왔다. 메모는 학업에도 사업에도 큰 도움을 주었던 나의 공부 비결이자 경영 비결이다.

스마트폰 기능 가운데 가장 즐겨 쓰고 좋아하는 기능이 바로 메모판이다. 달별, 일정별로 메모를 기록할 수 있고 그때그때 주고받은 중요한 말들과 약속들을 바로 바로 입력할 수 있기 때문이다. 이렇게 메모를 하다 보면 암기도 잘된다.

사실 상대의 말을 메모하고, 집중하는 태도에는 그를 존중한다는 마음이 깔려 있다. 그런 마음으로 약속을 하고 그 약속을 소중히 기록하는 사람은 당연히 약속을 잘 지킬 수밖에 없고 '신뢰 있는 사람'이란 평가를 들을 수밖에 없다.

흐리멍덩한 사람이 되고 싶은가, 신의 있는 사람이 되고 싶은가. 그대의 집중력에 달려 있다.

## 10

# 신의는 노력

무엇을 이루기 위해선 노력이 필요하다. 노력 없이 이룰 수 없다는 것은 자명한 사실이다. 신의, 신뢰라는 가치를 이루기 위해서도 마찬가지다. 개인의 노력과 사회의 노력이 뒤따라야 한다.

대한씨름협회 회장으로서 4년 동안의 임기를 지키면서 나의 첫 다짐을 하루도 잊은 적이 없다. 씨름 활성화를 위한 협회 개혁과 제도 마련이었다. 물론 이러한 중책은 개인의 힘만으로 되는 것은 아니다. 하지만 회장으로서, 리더로서 최선의 노력을 다하고 또한 보여줄 때 씨름의 재건을 견인할 수 있다는 생각으로 힘써 일했다.

특히 제도 개선에 초점을 두었다. 제도는 오래가기 때문이었다. 이러한 노력 가운데 기억에 남는 일이 2012년 4월 11일 열린

'씨름 활성화 및 세계화 방안 토론회'였다. 국회 문화체육관광위원회 소속 이철우 의원의 주최로 개최된 이날 토론회는 씨름 육성을 위한 특별법 제정과 씨름 전용관 건립 등의 발전안을 놓고 씨름계를 비롯한 관련 각 계 인사들이 열띤 토론을 했다.

여전히 이러한 과제들은 현재 진행형이지만, 이날 새삼 깨달은 사실은 씨름을 사랑하고 나와 같은 바람을 갖고 있는 분들이 많다는 것이었다. 비록 대차게 씨름육성법 제정 등을 마련할 만큼의 세력은 아니었지만 그래도 함께 이루고자 노력하는 사람들이 있다는 것은 큰 위로가 되었다.

물론 노력이 모든 일을 가능하게 만들지는 않는다. 노력에도 단계가 있다. 나는 씨름 협회 회장으로 일하면서 씨름의 프로화를 위해서도 힘을 기울였다. 씨름의 대중화와 선진화를 위해선 프로화가 대안이었다. 그러나 내 임기 중에 프로화는 이루어지지 못했고, 지금도 여전히 갈 길이 먼 상황이다. 안타깝고 애석하지만 프로화는 내가 감당해야 할 몫이 아니었다. 나는 프로화를 위한 씨름 경기 제도 개선과 협회 개혁 등 초석을 다지는 데 만족해야 했다. 그러나 프로화란 어젠다와 이를 위한 장단기적인 로드맵을 제시하고 노력을 기울였다는 점에서 의의를 둔다. 비록 나의 손은 아니지만 나의 후대에서 전대의 노력을 발판으로 삼아 언젠가는 반드시 이루고 말 것이기 때문이다.

신의는 말로만 지키는 것이 아니다. 실천이 필요하다. 그리고 실천은 노력이 필요하다. 노력하는 과정에서 신의를 지킬 수 있는 힘을 얻게 된다. 더 큰 약속을 할 수 있는 여력이 생기고, 그 가운데 성장과 발전이 따라오게 되는 법이다.

씨름 활성화 토론회에서 씨름 프로화의 중요성을 역설하고 있다.

우리 모두가 다 잘 살고, 쉽게 동참할 수 있도록
배려의 마음으로 머리를 쓰면, 아이디어는 무궁무진하게 쏟아질 것이다.
배려는 창의성의 출발이다.

PART 4

# 성찰

인간은 생각하는 존재다. 과거를 반성하고, 현재를 직시하며, 미래를 내다보는 능력이 인간을 인간답게 만든다. 그러므로 인간은 늘 생각, 성찰해야 한다. 거친 말이지만, 성찰하지 않는 사람은 인간 노릇을 잘하지 못하고 있는 것이다. 생각 깊은 사람들이 많은 사회는 다툼이 적다. 깊이 생각하면 그릇된 행동과 말의 수가 적어지기 때문이다. 사려 깊은 구성원들로 이뤄진 사회는 성장의 속도가 빠르다. 시행착오가 적기 때문이다. 생각하고 또 생각하고 그리고 발걸음을 내딛어 보자. 그 마음가짐이, 그 무게감이 다르다.

# 01

# 명상

명상에 대한 대중들의 관심이 언제부턴가 높아지고 있다. 불교나 요가 등 종교적인 수행 방법으로만 여겨진 명상이 일반인들의 정서 안정을 위한 하나의 좋은 대안으로 여겨지고 있다. 명상을 하는 이유는 집중력을 높이고, 자신의 감정을 조절하며 스트레스를 해소하기 위해서다. 명상을 하면 우리의 뇌에서 알파파를 내보내는데, 이 알파파가 잡다한 생각을 사라지게 하고 혼란스럽고 복잡한 감정을 해소시켜 편안한 상태를 유지시켜 준다고 한다. 전문가들은 편안한 감정 상태가 맑은 생각을 하는 데에 큰 도움을 준다고 말한다.

나도 명상을 한다. 오전 6시에 기상해 자리에서 일어나면 양반다리를 하고 앉아 명상을 시작한다. 가부좌를 틀고 앉아 눈을 감고 호흡을 천천히 가다듬고 마음을 차분히 가라앉힌다. 그렇게 잠시 심신을 평정한 상태로 만들고 나서 나의 모습을 돌아본다. 혹여 어제 하루를 살면서 타인에게 무례하지 않았는지 부족했던 모습은 없었는지 반성해 본다. 찬찬히 나를 들여다보고 나서 정진해 나갈 것을 조용히 다짐하고 하루의 구상을 시작한다.

일하는 사람인 만큼 우선 오늘 하루해야 될 사업 과제들을 떠올린다. 시간별로, 과업별로 어떤 일을 해야 하는지 구체적인 일정을 챙긴다. 다음으로 업무 외적으로 오늘 만날 단체, 모임과 관련한 일정을 생각한다. 누구를 만나서, 어떠한 주제에 대해, 무슨 대화를 나누고, 결정해야 될 사항들은 무엇인지 생각의 가지를 넓혀 나간다. 그러다 보면 우선순위가 잡히고, 해야 될 말과 행동이 명확해진다. 하루의 일과를 씨줄과 날줄로 엮어 본 뒤에는 가만히 앉아 고요함을 느낀다.

이렇게 하루를 명상으로 시작하면, 일을 하는 도중에 내가 지금 최대한의 능력을 발휘하고 있다는 느낌을 받는다. 그런 느낌을 받으면 더욱 일에 탄력이 생긴다. 단체 사람들을 만나는 일도 그렇다. 명상 시간에 내가 만나서 소통해야 할 사람이 어떤 말을 할지, 그 사람의 마음은 어떨지 미리 예측해 보기 때문에 쉽게 공감대가 형성되어 논의가 잘된다.

나는 생각의 힘을 믿는다. 생각을 많이 하는 사람일수록 가볍지 않고 내공이 깊다. 깊게 생각을 이어가면 머릿속에 산재되어 있는 개별적인 생각들이 짝을 찾아 하나씩, 하나씩 제자리를 찾고, 다시 일할 힘을 얻게 된다. 명상은 생각의 힘을 키우는 훌륭한 방법이다.

명상을 하면 자연스럽게 나를 돌아보게 된다. 모든 일과 관계에 있어서 내가 있기 때문이다. 어제의 나를 반성하면, 다른 사람을 더 이해할 수 있게 된다. 내가 더 겸손해져야 한다는 생각이 자연스레 스며든다. 하루에 한 번씩 꼭 생각의 시간을 갖자. 나를 위해서, 우리를 위해서.

# 02
# 생각은 경제적이다

한 명의 기업인으로서 생각의 경제성을 말해 본다면, 생각만큼 뛰어난 경제적 성과를 보여주는 요소도 없다.

아침에 차분하게 오늘 해야 할 공사에 대해 생각해 본다고 하자. 우선 오늘 공사가 전체 공정 중에서 차지하는 부분을 생각한다. 필요한 자재와 인력을 점검하고, 낭비 요소를 짐작해 본다. 발주처의 입장에서 요구될 수 있는 사항들을 예상해 보고, 전체 공정 속에서 그에 대한 답변을 준비해 본다. 대강의 공사 시나리오를 짜 보고 나서, 실제 인력의 움직임과 필요 요소들을 구체적으로 생각해 본다. 아울러 공정에서 예상되는 위험 요소도 점검하고, 가능성 낮지만 예상치 못할 위험성도 추측해 본다.

이처럼 공사의 각 세부적 단계와 각 단계마다 관련된 부문별 인력, 자재, 상황 등을 점검해 보면 어쩔 때는 1시간 정도가 소요되기도 한다. 그래도 이 생각의 시간이 전혀 아깝지 않다. 사전에 이처럼 심사숙고해 놓으면 실제 현장에서 일의 진척도가 상당히 빠르기 때문이다. 필요한 부분이 미리 챙겨져 있고, 합리적으로 동선이 계획되어 있기 때문에 일이 경쾌하다는 느낌을 받을 정도다. 당연히 이러한 합리적인 공사 운용은 비용을 절감하면서도 만족스러운 성과로 이어지기 때문에 수익성에도 직접 영향을 미친다.

생각은 개별적인 업무를 하나의 일로 꿰매준다. 일을 통합해서 사고하게 되면 일은 쉬워지고 재미있어진다. 착착 아귀를 맞춰나가는 기분이 들기 때문이다. 그래서 생각은 즐거움이고, 돈이다.

# 03

# 성찰은 **자율**에서부터 출발

변명이 많은 사람이 있다. 잘못된 결과에 대해 구구절절 이유를 붙이고, 남 탓을 하는 사람들은 보기 밉상이다. 그런데 이러한 사람들을 가만히 살펴보면 대개 성장과정에서 자신이 직접 생각하고, 선택해서 행동하는 경험이 부족하다는 것을 알 수 있다.

이들은 스스로 책임지고 해 본 일이 별로 없고 그저 부모의, 상급자의 지시와 요구를 따르는 일에 급급한 적이 많다. 내가 생각하지 않고, 내가 결정하지 않았으니 어찌 보면 그들에게 잘못된 결과는 내 탓이 아니라 남 탓이다. 이러한 남 탓 문화를 고치기 위해선 무엇보다 스스로 생각하고, 결정하는 자율적 문화를 키워가야 한다.

그래서 나는 아이들을 방목한다. 어떤 것이든 강요하지 않는다. 무엇이든 스스로 하고 그리고 스스로 책임지도록 한다.

우리 사회는 자율성이 부족하다. 학생들은 어렸을 때부터 많은 간섭을 받고 자란다. 여전히 한국의 교육문화는 주입식이다. 그래서 우리나라 청년들이 독립성과 도전성이 부족하다는 지적들을 많이 받는다. 사실 우리 집 아이들도 한 때 공부 스트레스를 많이 받았었다. 힘들어했고, 갈등도 생겼다. 그러다 타율적인 공부와 생활이 지극히 비효율적이란 것을 깨달았다. 타율은 아이의 올바른 성장에도, 공부에도, 진로에도 악영향을 끼친다는 것을 생생하게 체감할 수 있었다. 스스로 생각하지 않고, 스스로 행동하지 않은 일은 그 효과도 작을 뿐만 아니라 오히려 타인에 대한 원망과 그로 인한 정신적 낭비만이 있을 뿐이다.

자신을 들여다보는 성찰과 일 처리를 위한 전략적인 사고는 생각의 힘에서부터 비롯된다. 타율에 길들여진 사람은 생각의 힘이 없다. 비록 실수가 있더라도, 여러 갈래의 생각들을 스스로 해보고, 이를 실천해 보는 사람에게 비로소 창의성을 기대할 수 있다.

스스로 결정하는 사람은 이후 부족한 점이 발생했을 때, 반성과 성찰도 진지하게 할 수 있다. 문제점이 무엇인지, 원인이 무엇인지 누구보다 자신이 더 잘 알기 때문이다. 당연히 더 나은 대안도 더 잘 모색할 수 있다.

스스로 생각하는 사람이 많아야 한다. 그러한 사회 분위기가 조성돼야 한다. 자율적인 사람들에서 나오는 창조적 에너지는 사회의 큰 자산이다. 마냥 스티브 잡스의 창의성을 부러워할 일이 아니다. 우리 아이들이, 아니 우리 어른들도 독립적이고 자율적인 자세로 깊이 생각하고, 선택하고, 행동하고, 성찰하는 삶의 태도를 길러나가야 할 것이다.

# 03

# 배려는 아이디어의 시작

1년에 한 번씩 고등학교 동창생들이 모여 체육대회를 연다. 15년 전 나와 몇몇 친구들이 그래도 우리가 1년에 한 번은 만나 공 한번 차면서 안부는 물어야 하지 않겠냐며 시작한 모임이 이 제는 어엿한 동문 행사가 되었다. 수년 전부터는 200여 명이 참석하니 그 규모도 상당한 편이고, 이제 햇수도 꽤 된 만큼 나름 전통도 생겼다.

해마다 체육 모임의 참여 인원이 늘어나고 규모가 커진 이유는 친구에 대한 그리움, 향수 등 여러 가지가 있을 것이다. 하지만 무엇보다 체육대회 개최지를 해마다 바꾸는 점이 동문들의 발길을 모으고 있는 큰 요인이라고 난 생각한다.

우리는 서울, 대구, 부산 등 동문들이 많이 거주하고 있는 전국 각 지역을 돌아가면서 체육대회 장소로 잡는다. 형평성을 고려해서 혹여 한 명이라도 장소 섭외의 불만을 가지지 않도록 모든 동문을 배려하기 위한 아이디어였다. 모든 동문들이 이러한 장소 이동을 선호했다. 체육 대회에 참여해 친구 얼굴도 보고 그 지역 관광도 하니 일석이조였다. 지역의 특성과 결합해 행사를 치르니 체육대회는 더 다채로워졌고 풍성해졌다.

생각해 보면, 인간의 모든 발명품도 타인의 편의를 고려하고 배려하기 위한 마음에서부터 출발했다. 좀 더 쉽고 편리하게 살 수 있도록 고심했기에 지금 인간의 문명이 있는 것이다. 우리나라 최고의 발명이자 문화유산인 한글은 백성들이 보다 편리하게 의사소통을 할 수 있도록 해주고 싶은 세종대왕의 어진 마음에서 시작됐다.

단지 돈을 벌기 위함이 아닌, 행사를 잘 치르기 위함이 아닌, 우리 모두가 다 잘 살고, 쉽게 동참할 수 있도록 배려의 마음으로 머리를 쓰면, 아이디어는 무궁무진하게 쏟아질 것이다. 배려는 창의성의 출발이다.

# 05

# 전화번호 암기

성찰을 잘하려면 생각의 힘이 튼튼해야 한다. 성찰은 생각에서부터 시작되기 때문이다. 생각을 잘하기 위해선 기억하는 습관이 중요하다. 인간은 기억을 하면서부터 언어를 만들었고, 문명을 창조했다. 기억은 매우 중요한 인간의 행위이다. 기억을 못하면 머릿속이 뒤죽박죽된다. 그리고 불행이 찾아온다.

나는 전화번호 500여 개 정도를 외운다. 거의 모든 번호를 머릿속에 넣고 다닌다. 스마트폰과 같은 최첨단 기기가 즐비한 시대에서 전화번호 500개를 외우는 일은 어찌 보면 어리석은 일일 수 있다. 시간 낭비, 정신 낭비라고 생각될 수도 있다.

그러나 외워 보라. 그 외움의 힘은 외워본 사람만이 느낄 수 있다. 결코 낭비가 아니다. 사소한 것까지 모든 정보를 전자기기에 위탁하고 쏙쏙 찾아 쓰기만 하면 우리 뇌는 일하지 않고 계속해서 놀게 된다. 생각하지 않는 뇌는 둔해지고, 결국 나는 둔한 사람이 된다. 전화번호를 외우는 것은 나에게는 상징적이다. 끊임없이 생각하고, 기억하고, 나의 뇌를 일하게 만들겠다는 의지의 표현이다.

이처럼 생활 속에서 끊임없이 무언가를 기억하고 외우는 노력은 생각의 힘을 단단하게 키워준다. 그리고 그 사고력은 인간관계와 모든 업무에서도 진가를 발휘해 경제적으로도 큰 도움을 준다.

하지만 바쁜 일상을 살아가는 현대인들은 기억과 생각의 힘을 가볍게 여기는 경향이 있다. 좋은 글귀를 기억하는 일 따위에는 흥미를 갖지 않는다. 편리한 전자기기들에 떠넘기고 검색에만 치중하고 있다. 그러나 이러한 태도는 순간의 민첩한 생각과 판단에는 도움을 줄지는 모르겠지만 정작 우리가 놓쳐서는 안 될, 먼 미래를 내다보며 장기적인 안목으로 삶을 기획하고 숙고하는 삶의 습관에는 오히려 해가 된다.

떠밀려 오는 일들에 파묻혀 당장을 모면하고 편리하게 일을 처리하는 데에만 급급하다 보면 어느덧 정작 더 중요한 내 삶의 가치들을 잃어버릴 수 있다. 작은 일들을 소중히, 공들여 처리하는 습관을 들이며 생각의 힘을 기르는 데 투자해야 한다.

# 06

# 인격적 소통

전화번호를 외우면 생각의 힘도 키울 수 있지만 또 하나 좋은 점이 있다. 그 전화번호의 주인을 인격적으로 생각할 수 있다는 것이다. 사람은 숫자가 아니라 인격체다. 그 사람을 생각하면서 일일이 전화번호를 꾹꾹 누르다 보면 그 사람에게 보다 진심으로 대할 수 있게 된다.

나는 본래 사람을 숫자로 부르는 것을 좋아하지 않는다. 사람을 숫자로 부르는 것은 사람을 사물 취급하는 태도를 불러올 수 있다. 과거에도 이름이 없는 자는 노예나 사람대우를 받지 못하는 이들이었다. 물론 불가피하게 사람을 숫자 또는 기호로 표시해야 하는 특수 상황들이 있겠지만 되도록 사람을 비인격적으로 대하는 것은 우리 사회가 지양해야 한다.

상상해 보라. 누군가에게 전화를 걸기 위해 그의 전화번호를 기억해 내고, 그 기억을 바탕으로 번호 하나를 찬찬히 누르는 과정을. 쉽게 검색해서 그의 이름을 찾아낼 수도 있지만 검색을 하는 순간, 그는 검색의 대상이 되어 버리고 만다. 그의 번호를 기억하고 있다는 사실은 그를 존중하고 있다는 것을 말하는 게 아닐까. 그를 숫자처럼 가볍게 여기지 않고, 귀한 뜻을 품고 있는 이름 석 자의 인격체로 여기겠다는 마음이 녹아 있는 것은 아닐까.

핸드폰 단축 번호도 나는 당연히 쓰지 않는다. 물론 아내, 집을 단축번호 1번으로 해 놓고 내게 가장 중요한 사람이라고 말하는 것도 행복한 일이다. 우리는 의식적으로 모든 사람이 단축번호 1번처럼 중요한 사람이라고 생각해야 한다. 사람들을 중요도에 따라 숫자로 구분하는 것은 썩 유쾌하지 않다. 역으로 생각해서 내가 누군가의 38번째이고 150번째이면 그다지 좋은 감정이 들지는 않을 것이다.

사람은 본성적으로 자기와 가까운 사람을 먼저 챙긴다. 이는 부정할 수 없는 현실이다. 그러나 그렇다고 해서 가까운 사람을 먼저 챙기는 게 반드시 옳은 일만은 아니다. 우리는 점점 더 많은 사람을 나와 동등하게 여기고 대우해 나가야 한다.

모든 것이 상품화되는 자본주의 사회에서 우리는 보다 인격적인 소통에 더 신경을 써나가야 한다. 사람을 사람으로 대우하는 일에 더 각별히 주의해야 한다. 사람 대하는 일을 꼭 경제적인 가치로만 환원할 게 아니라 인간 대 인간의 사귐으로 여겨야 한다. 친구의, 지인의, 상대의 전화번호를 외우는 일은 인격적인 소통의 첫 출발일지도 모른다.

## 07

# 기억은 경쟁력

 기억력은 경쟁력이다. 기억을 잘하는 아이가 공부도 잘하는 것은 두말하면 잔소리다. 비단 학교 때문만이 아니다. 치열한 경쟁 사회에서 기억력은 정말 든든한 힘이다.

 전기 관련 계통에서 오랫동안 일을 해 오면서 기억력 덕을 톡톡히 봤다. 물가정보지란 게 있다. 대한민국의 모든 재화와 서비스의 가격을 총망라한 책으로 해마다 발행된다. 사업을 하면서 견적을 내야 하는 이들이라면 꼭 챙겨 봐야 한다.

 나는 이 물가정보지의 구석구석을 외우고 있었다. 사업과 직간접적으로 관련된 정보를 중심으로 몇 페이지에 어떤 재화의 가격이 기재되어 있는지 속속들이 알고 있었다. 그래서 촌각을 다투거나, 세세한 견적서가 필요할 때 나는 남들보다 신속하고 구체적인 견적서를 작성할 수 있었다. 내실 있는 견적서는 사업권을 따내는 데 있어 결정적인 역할을 한다.

물가정보지는 단적인 예일 뿐이다. 사업과 관련해서 기억해야 할 정보를 난 놓치는 적이 별로 없었다. 늘 현장을 누비며 현장의 특성을 메모하고, 기억한다. 이렇게 기억된 내용들은 사업의 효율성을 크게 높여 준다. 당연히 돈이 벌리지 않겠는가.

물론 현대는 정보화 사회다. 무수한 정보가 촌각을 다투며 쏟아져 나온다. 정보의 암기 능력보다 당연히 검색 능력이 우선시된다. 정보를 결합하고 적용하는 창의적 능력이 중요하다. 그러나 간과하지 말아야 할 대목이 있다. 검색을 하기 위해선, 정보를 융합하고 씨줄날줄로 엮기 위해선 검색의 카테고리를 기억해야 하고, 정보의 핵심 키워드들을 숙지해야 한다. 이러한 능력과 실력은 결정적인 판단의 순간에 진가를 발휘한다.

이러한 점에서 기억은 단순한 기계적 암기를 뜻하지 않는다. 기억하고 암기해야 할 대상은 단편적 사실이 아닌, 사실과 사실의 인과 관계 그리고 사실의 의미와 전망이다. 이러한 관계성을 이해하면서 기억하면 전체가 보이고 그 안에서 개별적인 사실들이 더 잘 드러나게 된다. 나무와 숲을 모두 중시하며 이해하고 기억할 때 생각의 힘은 쑥쑥 자라고, 경쟁력을 높여 주는 최고 비법이 될 것이다.

# 08

# 암기의 기술

어떤 일에도 단계가 있다. 1층에서 출발해 천천히 계단을 밟고 올라 드디어 2층에 오르고 또 계단을 밟아 3층에 오르고…. 이 과정을 반복해야만 원하는 층에 다다를 수 있다.

명절이면 즐겨보던 소림사 영화는 항상 똑같은 스토리가 재현된다. 부모의 원수에게 복수하기 위해 무술을 배우려고 작심한 주인공은 고수를 찾아가고, 고수는 으레 청소와 물 길러 오는 일 등 각종 허드렛일을 시킨다. 하루 이틀이 아니라 무려 3년이나! 스승의 태도를 납득하지 못한 주인공이 이제 포기하고 하산하겠다고 말하는 순간, 스승은 말한다. "이제 됐다. 나를 따르라." 그리고 드디어 무술의 기술들을 본격적으로 전수하기 시작한다. 그랬다. 스승은 주인공의 기초체력과 근육을 탄탄하게 길러주기 위해 궂

은일을 시켰던 것이다.

어떤 계통의 전문가나 달인은 이러한 스승의 방식에 고개를 끄덕일 것이다. 기초가 약하면 몇 단계까지는 오를 순 있지만 드디어 올라야 할 경지를 앞두고 선 그 한계를 절감하게 된다는 것을 잘 알기 때문이다.

성찰하는 인간이 되기 위해선 생각의 힘을 길러야 한다. 탄탄한 생각의 힘을 구축하기 위해선 기억과 암기에 힘써야 한다. 그리고 암기를 잘하기 위해서도 나름의 방법과 단계들이 있다. 좋은 암기력을 갖기 위해서도 귀찮지만 거치면 득이 될 만한 방법들이 있다.

사실 고등학교 시절부터 암기에 관심이 많았다. 어려운 환경 때문에 장학금을 받아야 학교를 다닐 수 있었고, 공부를 잘하려면 교과서의 내용을 잘 기억해야 했다. 그래서 기억법과 관련된 책들도 많이 봤다.

사람마다 자기만의 암기법이 있을 텐데, 공통적인 출발점은 성실한 메모 습관이다. 메모는 정말 중요하다. 무언가 기록하는 순간, 머릿속에 정보의 내용이 각인되고 기억에도 오래 남는다. 또한 메모를 자주 반복해서 내용을 확인하는 절차도 중요하다. 학습 전문가들도 복습이 공부의 가장 중요한 단계라고 말한다.

그런데 메모와 반복은 좀 힘이 드는 게 사실이다. 귀찮기도 하고 의지가 없으면 이내 포기해 버리는 경우도 많다. 이때는 연상법을 활용하면 좋다.

연상법은 특별한 게 아니다. 무엇을 기억할 때 그 대상의 특성과 관련돼 있는 또 다른 무엇인가를 연상하는 것이다. 그림, 이미지, 숫자 등등 내가 알고 있는 범위 내에서 쉽고 흥미로운 것들로 연상하면 더욱 좋다. 기억이 재밌어지기 때문이다.

이처럼 기억이 재밌어지면, 점점 복잡하고 방대한 양들의 정보들도 외우고 이해하는데 한결 수월함을 느끼게 될 것이다. 연상 능력이 탄탄해지면 사실들의 원인과 결과, 방안과 전망 등 관련성을 파악하는 데 큰 도움이 된다.

기억하는 습관이 길러지면 생각도 즐거워진다. 생각이 즐거워지면 사고가 깊어지고, 그러면 마침내 나를 돌아보고 미래를 계획하는 성찰의 힘도 자연스럽게 성장한다. 성찰하는 사람이 많은 사회에 발전은 덤이다.

# 09

# 성찰을 이끄는 계기들

삶 주위에 있는 모든 것들이 사실 우리의 스승이다. 외진 곳에 피어 있는 작은 들풀 하나도 인생을 되돌아보게 만들며, 겸허한 자세로 우리를 가다듬게 만든다. 주위에 있는 사물들을 보며 성찰의 계기로 삼는 사람들은 행복하다. 작은 물건 하나에서도 의미를 찾기 때문에 그에겐 지루함이 없다. 그리고 남들이 가지지 못한 그 사려 깊음은 곧잘 창의적 사고의 결과물로 이어지기도 한다. 행복과 성과를 둘 다 얻는 삶, 우리 모두의 바람이다.

소소한 일상과 사물에서 의미를 건져내는 이들은 대개 관찰력이 좋다. 사물을 있는 그대로 본다. 그리고 구석구석 보고, 다양한 각도에서 보며 사물 안에 담겨진 디테일을, 숨겨진 아름다움을 찾아낸다. 그래서 관찰력이 좋은 사람들은 대개 생각이 깊다. 남들이 대강 보는 것을 그들은 주의 깊게 바라보며 거기에서 인생의 원리를 발견하기 때문이다.

사물을 보며, 사건을 보며 성찰하는 사람이 되기 위해선 감수성이 필요하다. 그러나 그 감수성은 어떤 특별한 것이 아니다. 애정이다. 나의 눈앞에 놓인 사물들을 소중하게 여기고 그 가치를 인정하는 마음씨다. 사람 관계에서도 애정이 없으면 쳐다보지 않게 된다. 아니 일부러 눈을 피하기도 한다. 좋은 관찰력을 얻기 위해선 따뜻한 시선이 필요하다. 이처럼 특별한 계기를 통해서만이 아닌, 내 주위의 일어나는 작은 일들과 물건들을 애정 어린 시선으로 관찰하고 바라보면서도 얼마든지 인생의 지혜를 얻을 수 있다.

씨름을 사랑하는 나는 씨름 경기를 보면서 많은 인생의 교훈을 얻는다. 선수들이 단단하게 부여잡고 있는 샅바를 보면 내가 일생 동안 쥐고 살아야 할 것들은 무엇인가 되물어 본다. 샅바를 꽉 쥐고 있는 선수들의 다부진 손은 나에게 아직도 간절한 마음으로 인생을 가치 있게 살고 있느냐고 물어보는 듯하다.

단 몇 초간의 승부를 위해 묵묵하게 매일 고된 훈련을 하는 선수들의 성실한 근육과 땀방울을 보면 나 역시 지금의 시간을 잘 경작하고 있는 가 반성하게 된다. 승리 후 포효하며 감격을 맛보는 승자의 얼굴을 보며, 나도 저렇게 즐거워할 수 있는 시간들이 곧 올 것이라며 희망을 품고 마음을 다잡는다.

씨름뿐만 아니라 성찰의 단초를 만들어 주는 일상과 사물은 주위에 가득하다. 배드민턴을 치면서, 동네를 산책을 하면서, 작은 산에 오르면서, 사람을 만나면서, 일을 하면서 언제든 삶의 소중한 가르침을 얻을 수 있다. 그러한 계기들을 우리 모두 많이 가져 보길 바란다.

이만기 선수와 미래의 꿈나무들과 함께

# ⑩
# 되치기

씨름을 보면서 얻는 깨달음 가운데 가장 큰 인생의 가르침은 '겸허'다. 특히 씨름의 '되치기 기술'을 통해서 많이 배운다.

씨름경기의 기술은 공격기술인 메치기 기술과 방어 기술 그리고 공격 기술에 대한 되치기 기술로 크게 나눌 수 있다. 특히 되치기 기술은 상대방이 걸어오는 기술을 재치 있게 방어 하면서 상대의 허점을 오히려 역이용하여 넘어뜨리는 기술이다. 그런데 이 되치기 기술은 공격 기술을 잘 알아야만 적절하게 사용할 수 있다는 점에서 상당히 고급 기술이다. 되치기 한판이 씨름의 묘미 중 묘미라고 해도 과언이 아니다.

생각해 보라. 한 선수가 온갖 공격 기술로 상대를 죄어 오고, 그 기술에 압도당하고 있다가 별안간 누구도 생각지 못한 순간에 상대의 중심을 파고들어 한순간에 그를 무너뜨리고 말 때, 그 짜릿함이란. 이때 승자의 얼굴보다는 패자의 얼굴을 보는 게 포인트다. 한순간 상대의 반격으로 쓰러진 거구의 장사 얼굴에는 기막힘과 아찔함이 역력하게 드러나 있다.

그래서 되치기는 겸허함을 알려 준다. 언제든 나 역시 저렇게 되치기로 엎어질 수 있다는 삶의 두려운 진실을 보여 준다. 그러니 늘 자만하면 안 된다. 늘 남을 무시하면 안 된다.

하지만 우리는 때때로 자만한다. 일이 잘 풀리고 승승장구하면 개구리 올챙이 적 생각 못 한다고 자신의 초창기 모습은 잊어버리고 목에 힘을 주기 시작한다. 역사를 돌아보면 항상 자만했을 때 국가에 위기가 찾아왔다. 그리고 그 자만의 마음은 언제나 전성기를 구가할 때 함께 싹 트고 자란다.

자만에 빠지면 시선이 벌써 달라진다. 아래를 향하는 법이 없다. 나와 처지가 다른 사람들을 도통 이해하지 못하겠다는 투로 거만을 부린다. 거만이 더 심해지면 시선은 앞도 보지 않고 위도 바라보지 않는다. 시선은 오직 자기 자신에 머물러 있다. 나르시시즘에 빠지는 것이다. 호숫가에 비친 자기의 아름다운 모습에 넋을 잃고 물에 빠져 한 송이 수선화가 되어 버린 미소년 나르키소스처럼 자신의 영예만을 귀중히 여기며 주위는 전혀 아랑곳하지 않게 된다.

이처럼 자아도취에 빠지면 시선이 오직 자기 자신의 잘난 모습에만 닿기 때문에 허점을 보지 못한다. 그리고 허점은 상대에게 고스란히 노출된다. 세상은 스스로 잘난 사람을 반기지 않는다. 신은 잘난 체하는 혀의 시끄러운 소리를 지극히 경멸한다고 했다. 세상은 씨름판보다 더 치열한 전쟁터다. 자신을 돌아보지 않는다면 어느새 허점은 점점 커지고 결국엔 스스로 그 허점에 걸려 쓰러지고 만다. 자만은 자멸로 이어지는 법이다.

내가 사는 지역을 아끼고 사랑하는 순간, 풀뿌리 민주주의 그리고
자치라는 소중한 가치도 지역 공동체에 깃들게 될 것이라 확신한다.

사람은 누구나 살고 있는 지역이 있다. 가까이 사는 사람에게 정이 드는 것은 인지상정이다. 매일 부대끼며 마주하는 사람들과 친밀하게 지내는 일은 개인주의가 갈수록 심화되는 오늘날 매우 중요한 삶의 태도이다. 지역의 이웃들과 사이좋게 지내려면 어떻게 해야 할까? 무엇보다 우리 삶의 터전인 지역에 관심을 가져야 한다. 지역의 곳곳을, 지역의 행정을, 지역의 사람들에 대한 애정이 필요하다. 내가 사는 지역을 아끼고 사랑하는 순간, 풀뿌리 민주주의 그리고 자치라는 소중한 가치도 지역 공동체에 깃들게 될 것이라 확신한다.

# 01

# 까치산과 작은 산들

해발 73.5m의 작은 산 까치산은 까치가 많이 서식해서 그렇게 이름 붙여졌다고 한다. 봉제산에 살던 까치들이 화곡동 개발계획이 본격화되면서 갈 곳을 잃어 헤매다 이곳 산봉우리에 몰려들었단다. 지금은 까치산 자락에도 인가들이 우후죽순 들어서 까치 떼를 보기는 어렵다.

나는 까치산 공원을 즐겨 찾는다. 집도 가깝고, 배드민턴을 즐기기에도 적당한 곳이기 때문이다. 녹음이 우거진 여름, 까치산의 아기자기한 산책로를 걷노라면 마음이 맑아진다. 비록 산 밑에 커다란 터널이 지나고 있지만, 산은 너그럽게 인간을 받아주는 듯, 연신 나뭇잎을 흔들고 산바람을 일으켜 준다. 각박한 도시에 작은 산이 있다는 것은 감사한 일이다. 산에는 자연의 모든 생명이 굴러다닌다. 까치산은 생명의 경이로움을 늘 조곤조곤 들려준다. 어찌 까치산뿐이랴. 우장산, 개화산, 궁산, 봉제산 등등 작은 산이 즐비한 강서구에 살고 있어 난 행복하다.

바쁘게 살아가는 와중에 이러한 지역의 작은 산들을 찾아 맑은 공기를 쐬는 일은 행복하다. 그리고 각 산에 서려 있는 역사와 유래, 자연의 특성을 하나하나 알아 가는 재미도 쏠쏠하다.

개화산의 경우, 원래 이름은 주룡산이었다고 한다. 이 이름의 연원은 신라시대까지 거슬러 올라간다. 주룡이란 한 도인이 산에 살았는데, 해마다 9월 9일에 동자 두세 명과 함께 높은 곳에서 술을 마셔서 주룡산이라 불렸다고 한다. 그런데 도인이 돌아간 후에

하늘에서 바라본 우장산의 녹음(綠陰)

그 앉은 자리에 이상한 꽃 한 송이가 피어나 사람들이 이를 두고 꽃이 피었다는 의미를 붙여 '개화산'이라고 산 이름을 새로 지었다고 한다.

봉제산은 울창한 숲과 산책로로 주민들의 사랑을 받는 곳이다. 높은 곳에서 산을 내려다보면 그 형국이 꼭 학이 알을 품고 있는 것 같아 봉제산이란 이름이 붙여졌단다. 917,190㎡의 넓은 면적을 자랑하는 봉제산에는 법성사, 용문사 등 사찰들과 배드민턴장, 약수터가 있어 인근 양천구 주민들도 즐겨 찾는 산이다. 마음먹고 봉제산 봉우리와 기슭을 구석구석 오르면 마치 웬만한 높이의 산을 등산한 기분이 들 정도로 산이 넓고 울창하다.

강서구의 가운데에 위치한 우장산은 구민들이 가장 즐겨 찾는 산이다. 구민회관이 자리 잡고 있고 축구장과 테니스장, 국궁장 등 다양한 문화체육시설이 자리 잡고 있기 때문이다. 두 개의 봉우리로 이뤄진 우장산은 한 봉우리에는 새마을지도자탑이 세워져 있고, 나머지 한 곳엔 서울정보기능대학이 자리 잡고 있다. 대한민국의 발전을 이끌어 나갔던 우리의 굳건한 의지와 그 발전을 계속해서 이끌어 가겠다는 우리의 염원이 우장산 봉우리마다 담겨 있는 셈이다. 또한 강서 구민회관 옆에는 아이들을 위한 숲 체험 탐방 시설이 자리 잡고 있고 숲 해설도 정기적으로 이뤄지고 있어 각광을 받고 있다.

작은 산을 누리는 이웃들이 많아지길 소망한다. 산책하고, 운동하며, 넉넉한 자연 안에서 주민들의 소통이 넘쳐나길 바란다. 그러기 위해선, 산과 공원에 대한 체계적인 관리와 섬세한 손길이 필요하다. 까치산과 그 밖에 작은 산들이 지역 공동체를 묶어주는 하나의 좋은 구실이 되길 바라본다.

# 02

# 공수부대

지난해 공수부대의 한 지인으로부터 연락이 왔다. 씨름대회를 개최하는데 심판을 소개시켜달라는 부탁이었다. 마침 이봉걸 천하장사와 뒤집기의 달인으로 유명한 이승삼 선수와 연락이 되어 두 선수와 함께 부대를 찾았다. 떡 벌어진 어깨, 매끈한 근육의 젊은 용사들이 듬직해 보였다. 씨름에 임한 병사 선수들의 패기와 뜨거운 응원전도 볼 만했다.

결승전까지 다 치르고 부대 관계자들과 인사를 나누는데, 고위 부대장이 다가왔다. "놀랐습니다. 이렇게 매끄럽게 경기가 진행되다니. 역시 전문가의 공정한 심판이 중요하네요." 그랬다. 해마다 부대에서 씨름대회를 하면 자체 내에서 심판을 두어 경기를 진행했다고 한다. 하지만 순간 찰나에 벌어지는 씨름의 승부를 비전문가들이 가려내기란 사실 여간 어렵지 않다. 그래서 매번 승부논란이 일어나고 때로는 부대장들끼리 삿대질까지 하면서 소란이 일기도 한다고 한다. 그런데 이번에는 전혀 시비가 없었고, 모두 심판 판결에 수긍해 무탈하게 경기가 끝났다는 것이다. 공정성과 전문가의 필요성을 새삼 깨닫는 시간이었다. 우승자에 대한 시상이 시작되자 병사들의 우레와 같은 함성이 연병장을 가득 메웠다. 저처럼 씩씩하고 강한 요원들이 이 지역과 대한민국을 사수하고 있다니 고맙고 마음이 든든했다.

강서구 외발산동 지역에 위치한 공수부대는 김포공항을 비롯한 수도 서울의 관문을 수비하는 중요한 군사시설이다. 국가적 방위 임무를 띠고 있는 공수부대의 중책과 노고를 우리는 잊지 말아야 한다. 그리고 우리 지역에 이러한 방위시설이 있다는 사실에 자부심을 가져야 할 것이다. 지역에서 군과 민이 상생하며 튼튼한 안보와 건강한 교류를 이어가길 소망한다.

# 03

# 방화근린공원

개화산 자락에 위치한 방화근린공원은 강서구의 명소 가운데 하나다. 틈나면 방화공원을 찾아 한두 시간 산책을 즐긴다.

방화근린공원은 아늑하다. 개화산이란 자연 녹지가 공원을 안고 있는 형세 때문이다. 녹음이 빙 둘러 펼쳐져 있고, 산세도 부드러워서 편안한 분위기를 자아낸다. 산책길을 따라 걸으며 개화산 자락과 능선을 쳐다보는 것만으로도 선한 마음이 깃든다.

물론 맑은 공기는 기본이다. 산속에서 쉼 없이 밀려오는 산소들은 도심에서 찌들었던 육신을 말끔하게 정화해 준다. 산을 끼고 있으면서도 너르고 평평한 터에 공원이 자리 잡고 있어 남녀노소 누구나 산책을 즐길 수 있다. 어르신들의 경우, 무릎관절이 불편해 산 공기를 쐬고 싶어도 마땅한 곳이 별로 없는데, 방화근린공원은 모든 길이 순탄해 편하다.

파란 하늘과 맞닿아 펼쳐져 있는 개화산을 보고 있노라면 이런 곳이 내가 사는 지역에 있다는 게 참 감사하다는 마음이 절로 난다. 공원에는 시설물들도 적절히 배치되어 있어 조잡스런 느낌도 적다. 편의시설이 다소 부족한 점이 아쉽긴 하지만, 천천히 공원을 걷고 있노라면 어깨가 한결 가벼워진다.

한편으로는 이런 공원이 내가 사는 동네에도 있었으면 하는 부러움과 바람도 든다. 방화공원처럼 넓은 대지를 가진 곳이 화곡동 같은 주택 밀집 지역에는 없기 때문에 그저 희망 사항일 뿐이지만, 대신에 놀이터와 공원, 학교 등에 보다 많은 나무들이 심어져 맑은 공기를 주는 초록색들이 동네에 더 풍성해졌으면 하는 마음도 가져 본다.

집에서 다소 거리는 있지만, 강서구 곳곳에 숨겨져 있는 이런 명소들을 찾아 즐기는 것도 지역을 사랑하는 마음을 기를 수 있는 좋은 방법이다. 구청 홈페이지를 찾아 문화관광 안내 페이지만 살펴보아도 자연과 문화를 만끽할 수 있는 곳이 무척이나 많다. 짬을 내어 가족들과 함께 두루두루 돌아다니다 보면 지역에 대한 애정이 무럭무럭 자라날 것이다. 그러다 보면 지역에 함께 사는 이웃들에게도, 지역의 행정에도 조금씩 관심이 커져갈 것이다. 사람들의 이러한 경험들이 점점 많아지면 더불어 사는 지역 사회의 실현도 그리 먼 이야기는 아니다.

# 04

# 재래시장

동네 골목 시장에서 장을 보는 것은 무척 행복한 일이다. 길게 늘어선 좌판에는 식욕을 돋는 먹거리들과 온갖 생필품들이 즐비하다. 화려한 색색의 물건들이 가득 찬 시장 골목을 걷노라면 마음이 풍성해진다.

요리를 좋아하는 나는 곧잘 재래시장에서 장을 본다. 재래시장은 정감이 넘치기 때문이다. 아니, 사실 나는 촌놈이라 시장통에서 장 보는 게 편하고 좋다. 북적북적 사람들의 기운을 느끼면서 물건을 고르는 재미가 여간 아니다.

젊어서부터 시장을 자주 다녔기 때문에 나름 장 보는 노하우도 가지고 있다. 생선의 경우, 눈동자가 맑아야 싱싱한 놈이다. 하지만 눈으로만 짐작해선 안 된다. 슬쩍 손가락으로 만져봐야 한다.

살점에 탄력성이 있어야 합격이다. 과일은 빛이 선명한 게 좋다. 요새는 왁스를 발라 빛이 다 좋지만, 최대한 자연 빛을 띤 녀석을 찾아야 한다. 껍질이 퍼럴 때 따서 익힌 것은 맛이 좋지 않다. 그래도 가지 끝에 끝까지 매달려 익혀진 열매가 맛있고 싱싱하다.

장을 다 볼 때쯤이면 양손에 비닐봉지들이 주렁주렁 걸려 있다. 부자가 된 기분이다. 물가가 많이 올랐지만, 그래도 원하는 양만큼 조금씩도 살 수 있고, 값도 저렴한 재래시장은 여느 대형마트에서 느낄 수 없는 기분들을 선사한다.

강서구에는 재래시장이 많다. 남부시장, 화곡본동시장, 양천구와 걸쳐 있는 월정시장, 공항시장, 방화시장, 송화시장 등등 대개 규모가 모두 크다. 나는 주로 월정시장, 화곡본동시장과 송화시장을 다니는 편이다. 번갈아 시장을 다니는 맛도 괜찮다.

시장은 우리 삶의 중심이다. 살아가는 데 필요한 것을 교환하고, 나누는 시장이야말로 고대로부터 인간사에 없어선 안 될 곳이었다. 최근에 들어와 대형마트, 백화점, 쇼핑몰 등 현대화된 마켓이 곳곳에 들어서 인간미를 느낄 수 있는 '시장'의 의미가 많이 퇴색됐다. 하지만 재래시장은 과거 시대의 시장의 정감이 여전히 남아 있는 곳이다. 이러한 보석 같은 재래시장이 권역마다 펼쳐져 있는 강서구는 얼마나 인간미가 넘치는 고장인가. 우리 지역이, 강서구가 사랑스런 또 다른 이유다.

## 05

# 마곡지구

기업경영의 전문화, 특화를 의미하는 '선택과 집중' 원리는 꼭 경제 분야뿐만 아니라 개인의 생활에서부터 국가의 경영 정책에까지 두루 적용 가능한 원리다.

물론 팔방미인, 다재다능한 인재도 필요하지만 현대사회에선 한 가지 전문화된 기술과 지식, 능력을 가지고 이러한 전문성을 다른 영역에도 융합하고 적용할 줄 아는 인재를 선호한다. 즉, 우선적으로는 전문성이 요구되는 것이다. 그리고 이러한 전문성이 또 다른 각각의 전문적 영역들과 융합하며 또 다른 새로운 가치와 기술을 창출해 나가는 것이 오늘날 현대 과학기술 시대의 핵심 전략이다.

지역개발도 유사한 측면이 있다. 우선 전체 지역의 장기적인 개발 그림을 세우고, 전체 지역 가운데 다른 지역의 발전을 선도할 가능성 높은 지역을 선택한다. 그리고 이 지역에 자원을 집중하여 개발한다. 그리고 이 선택된 지역개발의 효과와 성과를 인접 지역에 전파하여 공유될 수 있도록 한다. 이때 중요한 것은 각각 인접한 지역들도 나름의 특화된 전문성을 계발하여 각각의 전문적 요소들이 융합할 수 있도록 해야 한다. 그럴 때 비로소 전 지역이 고른 균형발전을 이룰 수 있는 것이다.

　마곡지구는 바로 강서구 및 서울 서남권의 발전을 리드할 핵심 선도 지역이다. 서울의 마지막 미개발지로 남겨둔 마곡지구는 이제 서울 서남권을 한 단계 업그레이드 시킬 수 있는 전략적 개발

서울 서남권 개발의 핵심지, 마곡지구 항공사진

지인 것이다. 이런 연유로 마곡지구 개발은 원래 첨단 산업과 문화 관광의 요충지로 그림 그려졌었다.

그런데 안타깝게도 마곡지구 개발은 이러한 도시 계획의 장기적 로드맵이 무시되고 근시안적이고 단편적인 계획으로 전락되고 있다. 강서구가 이미 담당하고 있는 주거 기능을 또 마곡지구에 전가하고, 경제 및 문화관광의 특구 역할을 할 개발계획들을 파기, 축소시켜 나가고 있다.

마곡지구가 우리 지역의 발전을 선도해 줄 수 있는 가능성의 땅인 가장 큰 이유는 마곡지구가 허허벌판이기 때문이다. 다른 지역의 개발이 늦을 수밖에 없는 원인이 바로 복잡한 소유관계와 이해

관계들이 얽혀있기 때문이다. 마곡지구는 그런 게 없다. 게다가 한강을 품고 있다. 천혜의 조건을 구비한 개발지다.

마곡지구가 부디, 우리 강서를, 서울의 서남권 지역의 성장을 이끌어갈 든든한 구심지로 개발되길 희망한다.

마곡실내배드민턴장

# 06

# 화곡동

과거 화곡동은 본동부터 시작해서 8동까지 무려 9개 동이 있었다. 그러다 동통폐합 정책으로 화곡 5동과 7동이 인근 동으로 통합되면서 이제 7개 동이 남았지만 그래도 강서구를 대표하는 동명은 여전히 화곡동이다.

인간은 지역적인 존재이기 때문에 자기가 사는 지명과 동네에 더 애착을 갖는 것이 사실이다. 외국에서 한국인을 만나면 그 자체도 반가운데, 만약 같은 화곡동에 산다고 한다면 아마 신기함과 반가움에 입이 벌어져 이야기꽃을 활짝 피울 것이다.

나도 화곡동에 살기 때문에 화곡동이 좋다. 화곡동이란 이름만 들어도 반갑고, 누군가 화곡동에 산다고 하면 마치 고향 사람 같은 느낌이 든다. 하지만 한편으로는 화곡동이란 이름을 들으면 마음이 애잔해지기도 한다. 유독 다른 동네와 비교해서 개발이 더디기 때문이다.

나는 1986년 무렵 목동 단지 개발 사업이 시작될 때 전기 부문 공사에 참여했다. 그리고 그 즈음부터 이 지역에서 살아왔기 때문에 강서, 양천지역의 개발 변천사를 목도해 왔다. 참 많이 변하고 발전했다.

하지만 상대적으로 화곡동은 발전도가 더뎠다. 여전히 골목에는 연립과 빌라들이 다닥다닥 붙어 있고, 주차 시설이 부족해 매일 주차전쟁을 하는 골목도 많다. 화곡동의 개발이 더딘 이유는 복합적이다. 그러나 가장 큰 이유는 바로 장기적인 개발 맵이 없었기 때문이다. 10년 20년, 30년을 내다보며 장기적인 관점에서 개발의 그림을 그리고 주민의 동의를 받아왔다면 오늘날 화곡동도 보다 살기 좋은 주거지역으로 변모해 있었을 것이다.

화곡동은 서울 그리고 강서구의 대표적인 배드 타운이다. 주거 기능을 담당하고 있는 곳이다. 이제 화곡동을 포함한 강서구도 주거 역할의 배드 타운을 벗어나 현대 산업의 중추를 담당할 중심지역으로 발돋움해 나가야 한다. 그러나 한편으로는 기존의 주거 기능도 잘 살려내어 보다 살기 좋은 마을로 기획해 나갈 필요도 있었다. 중심업무기능과 기존의 주거 기능을 적절히 조화시켜 나가는 장기적 도시계획이 필요했던 것이다. 하지만 애석하게도 화곡동은 도시 기능에 대한 비전도, 그렇다고 주거 기능을 위한 세심한 계획도 부재해 왔던 게 사실이다.

화곡동 거리를 거닐며 이 블록은 이렇게 묶여서 이런 곳으로, 이 골목은 저렇게 디자인되어 새 명소로, 이 공원은 이렇게 특화되어 새 문화공간으로 바뀌었음 하는 소망을 곧잘 품는다. 그리고 화곡동뿐만 아니라, 공항동, 방화동, 가양동, 발산동, 염창동, 등촌동, 우장산동 등 내가 사는 강서구가 골고루 발전했으면 한다.

화곡동에는 강서치안을 총괄하는 강서경찰서가 있다. 보안협력위원회 위촉식

# 07

# 양천향교

　우리 강서 지역에는 명소들이 많다. 잘 찾아보면 구석구석 가족 나들이 할 곳들이 꽤 있다. 바쁘고 여유 없는 생활 속에서 굳이 휴일 날 멀리 나갈 것 없이 인근 지역의 명소들을 둘러보자. 화려하진 않지만 유서 깊고 소박한 미를 지닌 곳들이 우리를 반겨 줄 것이다.

　가양동 궁산 자락에 위치한 양천향교가 바로 그런 곳이다. 조선 태종 11년(1411년)에 만들어진 양천향교는 서울시 유일의 향교다. 선비의 굳은 절개와 높은 교양 및 학식을 가르쳤던 향교는 우리 교육문화의 본거지였다. 이러한 문화유산이 우리 강서구에 소재해 있다는 사실만으로도 뿌듯함이 느껴진다. 전국 234개 향교 가운데 서울에 있는 향교는 양천향교뿐이기 때문이다.

지역 여러 단체에서 활동하다 보니 양천향교는 이런저런 목적으로 곧잘 들르게 되는데 그때마다 경건한 마음이 든다. 마치 내가 600여 년 전 이 향교에서 사자소학을 배우는 학동이 된 것 같은 기분이다. 예로부터 우리 선조들은 교육을 중시했다. 우리나라의 꼿꼿한 선비 정신은 밤샐 줄 모르는 배움에서 비롯됐다. 이런 전통은 오늘날에도 이어져 대한민국은 세계에서 가장 뜨거운 교육열을 자랑한다. 미국 대통령 오바마는 기회만 되면 한국 국민의 교육에 대한 열의를 배워야 한다고 말한다. 양천향교에는 이러한 우리 민족의 뜨거운 공부에 대한 열망이 깊게 서려 있는 곳이다.

양천향교의 주요 기능 가운데 또 하나는 공자를 비롯한 옛 성현들에게 제사를 올리는 것이다. 유교의 가르침을 잊지 않겠다는 각오를 제의를 통해 정례적으로 확인했던 것이다. 매년 봄가을에 유림과 지역 주민 그리고 학생들이 참여한 가운데 공자를 비롯한 성현들에 대한 추모제례를 거행한다. 일반 주민들도 이 제례에 참여할 수 있는데 우리 선조들의 생활풍습과 점차 퇴색해 가는 충효정신을 느낄 수 있는 좋은 기회가 될 것이다. 아울러 이러한 향교에서의 제례를 우리 강서구에서만 볼 수 있다는 점에서 직접 참여해본다면 애향심을 갖게 될 소중한 경험도 될 것이다.

무엇인가를 잊고 싶지 않기 위해 정성을 다했던 선현들의 지혜는 정신적 가치를 소홀히 여기는 오늘날의 우리에게 시사해 주는 점들이 많다. 양천향교에서 교육에 대한 선현의 열정을 묵상하고 나서 포근한 궁산 자락에 올라 한강수를 내려다보면 삶의 의지가 생겨날 것이다.

서울 유일의 향교, 양천향교

# 겸재 정선

내가 발 딛고 사는 고장에서 한 분야의 대가가 살면서 전성기를 보냈다는 사실은 흥미진진하다. 그 대가가 걸었던 땅과 그 대가가 보았던 하늘을 나도 똑같이 밟고, 본다는 사실에 마음이 설렌다. 나도 모르게 그 대가의 숨결과 기운을 받아 더 총명해 질 것만 같은 기분이다.

겸재 정선(1676~1759)은 진경산수화의 대가이다. 현재로 따지면 강서구청장과 마찬가지인 양천현령으로 우리 지역에 살았던 그는 서울과 한강을 소재로 한 걸작들을 많이 남겼다. 우리 고유의 화풍을 개척했던 겸재 정선이 바로 우리가 살고 있는 이곳 강서구에서 예술의 혼을 태웠던 것이다.

겸재 정선의 작품을 만나고 느끼고 싶다면 양천향교역 인근에

위치한 겸재정선기념관에 가보면 된다. 특히 겸재정선기념관은
다양한 인문학 강좌와 문화 및 체험 프로그램을 운영하고 있어 언
제든 풍성한 문화적 감수성을 얻을 수 있는 곳으로 호평을 받고
있다.

겸재 정선이 한강의 정취를 그려냈던 궁산 소악루

궁산의 소악루에 오르면 겸재 정선의 시선을 고스란히 경험할 수 있다. 겸재 정선은 바로 이곳 소악루에서 한강변의 변화무쌍하고 아름다운 정취를 화폭에 담았다. 길게 뻗어 우리네 삶터를 휘감아 흐르는 한강을 그리면서 양천현령이었던 겸재 정선은 어떤 마음을 지녔을까. 백성들도 저 아름다운 강산처럼 풍요롭게 살아가길 기원하지 않았을까.

사실 바쁘게 살고 늘 피곤한 현대인들에게 그림을, 동양화를, 예술을 즐기자는 권유가 한가로운 소리로 치부될 수 있을 것이다. 하지만 우리는 즐기기 위해서 산다는 것을 잊지 말자. 밥을 먹기 위해, 일하기 위해 사는 것이 아니라 생의 즐거움을 만끽하기 위해 일하고 밥을 먹는 것이다. 은퇴 후에? 경제력을 갖춘 후에? 아니다. 지금도 충분히 즐길 수 있다. 그런 훌륭한 공간이 우리 지역에 있다. 입장료도 저렴하다. 마을버스를 타고도 갈 수 있다.

주말, 간편한 차림으로 가족들과 함께 겸재정선기념관과 소악루를 차례차례 둘러보면서 행정가이자 예술가였던 대가 겸재 정선의 정신과 예술을 느껴보면 어떨까. 우리 지역을 소중히 여기는 마음도, 더 열심히 살아야겠다는 의지도 어느덧 조금 더 자라나 있을 것이다.

소악루

## 09

# 의성 허준

동의보감을 저술한 허준 선생을 모르는 국민이 있을까. 의성 허준이란 이름 외에 사실상 설명이 필요 없는 우리나라 최고의 명의 허준. 그의 깊은 인간애는 자기의 이익을 중심으로 살아가는 우리 현대인들에게 반성을 촉구하고 이웃을 돌아볼 것을 권유하고 있다.

추정이지만 허준 선생은 강서구에서 태어나 자라 우리나라 한의학을 집대성한 동의보감을 저술했다고 한다. 당대 최고의 명의이며 백성들의 고통을 온몸으로 끌어안고자 몸을 던진 위인이 나와 지역적 연고가 같다는 사실이 흐뭇하다. 지역 연고주의야 우리가 고쳐나가야 할 구습이지만, 이처럼 역사적 위인의 정신을 기리고 가까이하고 싶은 '연고주의'야 얼마든지 필요하다고 본다.

각 자치단체는 자기 지역의 문화 역사 자원을 발굴하여 관광산업과 연계해 경제적 성장에 밑거름을 만들려는 시도를 부단히 하고 있다. 이러한 지자체의 노력은 역사적 사실 관계를 훼손하지 않고, 지나친 상업주의에 매몰되지만 않는다면 타당하다고 본다. 안 그래도 역사와 문화에 대한 관심이 갈수록 소홀해지고 있는 현실에서 문화와 역사를 보다 쉽고 편리하게 국민들이 접할 수 있다는 점은 바람직하다.

특히 의성 허준 선생의 숭고한 인간애 정신과 같이 현대 사회에도 큰 울림을 주는 가치를 발굴하여 이를 기념하고 알리는 일은 매우 중요한 자치단체의 의무라고 생각한다. 이러한 행정은 지역

의성 허준의 자취를 간직하고 있는 허준박물관

을 넘어서 우리 사회 전체의 수준을 높여 주기 때문이다.

　자치단체의 이러한 노력이 보다 탄력을 받고 힘을 얻으려면 해당 지역 주민들의 관심과 애정이 함께 해야 한다. 주민들이 거주 인근 지역의 문화 유적, 기념관, 역사 관광지에 대해 더 깊은 관심을 갖고 나아가 조직적인 서포터스 역할을 한다면 지자체의 노력의 결과는 배가 될 것이다.

　우리의 자녀들이 구암 허준 공원에서, 허준 기념박물관에서 인간애를 한 번이라도 더 확인하고, 그 가운데 누군가는 의술의 진정한 가치를 깨달으며 의료인을 꿈꾼다고 상상해 보자. 그런 아름답고 보람된 상상으로 우리 마을의 문화유산과 그 가치를 더욱 장려해 나가자.

# 10

# 애향심

우리는 많은 시간을 걷는다. 또 차를 타고 이동한다. 그 시간 동안 어떤 생각을 하며 보내는가. 요새는 스마트폰이 있어서 카카오톡 확인하고 뉴스 보느라 이런 저런 생각할 틈도 없는 게 현실이다. 하지만 이렇게 혼자 걷고 이동하는 시간 동안 좋은 생각들을 품어 보는 것은 썩 괜찮은 습관이다.

이러한 시간 동안 눈에 들어오는 풍경을 보며 지역을 생각하는 마음을 가져 보는 것도 좋을 듯싶다. 내가 걷고 있는 거리, 차창 너머로 보이는 건물과 사람들의 모습을 보면서 우리 지역을 좀 더 깊숙이 들여다보자는 것이다.

사실 먹고살기 바쁜 시절을 살면서 지역을 사랑하고 애향심을 갖는다는 것은 무의미한 일처럼 느껴질 때도 있다. 내 몸 하나 건사하기 힘든데 무슨 지역, 무슨 이웃이냐고 항변할 수도 있겠다.
충분히 이해한다.

하지만 인간은 사회적 동물이다. 내 가정, 내 몸만 생각하다 보
면 잃어버리는 것들이 더 많아질 수밖에 없다. 사람은 이익 외에

애향심은 궁극적으로 우리 지역의 소외 이웃에게 향해야 한다.

도 지역과 이웃과 교류하면서 얻는, 눈에 보이지 않는 가치들로 인해 삶의 희망과 행복을 얻을 수 있다. 그리고 그러한 행복감과 희망은 나를 더욱 풍요롭게 만들어 주며 나아가 우리 사회를 더 발전시키는 원동력이 된다.

사랑을 하려면 관심을 가져야 한다. 관심을 가지려면 관찰부터 해야 한다. 찬찬히 들여다보면서 그 세세한 특징을 살펴보고, 그 특징들에 의미를 부여해 보는 것이다. 그러는 동안에 애정이 싹트고 관심이 생긴다.

애향심도 마찬가지다. 내가 사는 동네, 사람, 건물, 공원, 작은

강서구민의 삶터, 강서구 전경

산, 시장, 도로, 문화 등등을 꼼꼼하게 들여다보는 것으로 시작될 수 있다. 일부러 시간 내지 말고, 걸으면서 차를 타고 다니면서 우리네 사는 곳을 빤히 쳐다보자. 가로수가 어떻게 생겼는지, 어떤 나무인지, 거리는 깨끗한지, 새롭게 문을 연 가게는 무엇을 파는지, 아이들이 건너는 저 건널목은 위험하지는 않은지 잠깐만이라도 살펴보자. 그렇게 평소 주위를 살펴보다 보면, 우리 마음속에는 지역에 대한 관심이 어느덧 자라게 되고 언젠가는 지역의 일에도 참여할 수 있는 한 명의 주민이 되어 있을 것이다.

우리 사는 지역을 찬찬히 살펴보는 일, 오늘부터 해 보자.

그 누군가가 희망을 놓지 않도록 버팀목이 되어주고 싶다.
그렇게 서로가 서로에게 희망이 되는 사회를 나는 꿈꾼다.

희망이 없는 민족은 죽은 민족이라고 했다. 민족도 그런데 하물며 한 사회, 한 개인은 어떠하겠는가. 재난에 닥쳐 고립되었다 생존한 이들은 대개 "살 수 있다."란 희망의 끈을 놓지 않았기 때문이라고 증언한다. 그렇다. 희망은 실질적인 삶의 에너지다. 모든 것이 사라지고 짙은 어둠만이 감쌀 때도 희망이 있다면 우린 살 수 있다. 나의 희망은 무엇인가. 우리의 희망은 무엇인가. 개인과 사회는 끊임없이 희망을 품어야 한다. 희망을 품은 자들은 활기가 넘친다. 활기는 또 다른 희망의 근거가 된다. 어느덧 우리는 서로의 희망이 될 것이다.

# 1

# 파란 하늘

파란색을 좋아하다. 파란색이 넓게 펼쳐진 하늘색도 좋아한다. 그래서 어렵고 힘들 때면 바다를 가든, 하늘을 쳐다본다. 파란 물결치는 망망한 바다를 보거나, 넓고 광활한 하늘을 보고 있노라면 어느새 가슴에 넓은 꿈이 들어찬다. 그리고 조금씩 앞으로 내가 해야 할 일들이 구체적으로 하나씩 머릿속에 그려진다. 정말 신기하게도 살아갈 의지가 다져지고 힘이 생겨나기 시작한다.

파란색이 좋아진 이유는 원대한 자연을 나타내고 있는 색이기 때문일지도 모른다. 우주에서 보면 우리 지구도 파란빛을 띠고 있다고 한다. 넓고 광활한 것들은 원래부터 파란색이었는지도 모르겠다. 이렇게 파란 하늘을 물끄러미 보고 있노라면 하늘이 꼭 어머니처럼 느껴진다. 어머니처럼 포근하고 가녀린 나를 말없이

품어 준다. 그래서 파란색, 파란 하늘은 언제나 나를 재충전시켜
준다.

희망을 주고, 힘을 주는 것들이 많은 사람은 행복하다. 의지할
수 있고, 북돋아 줄 수 있는 요인들이 많은 사람은 복된 사람이다.
인간을 품어주는 자연도 우리에게 희망을 준다. 자연이 좋은 점은
누구나 가질 수 있다는 것이다. 그것도 값없이. 나무를 보고, 단풍
을 보고, 민들레를 보고, 쏟아지는 비를 보고 희망을 자극 받는 사
람이 많아졌으면 좋겠다. 그리고 우리 사회가 뭇사람들에게 희망
을 주고, 의지가 되어 주는 그런 사회가 되었으면 좋겠다.

## 2

# 긍정의 에너지

시련 없는 인생은 없다. 장애물 없는 일은 없다. 예기치 못한 어려움이 늘 들이닥치는 게 인생이다. 때로는 내가 어떻게 할 수 없는 어려움들이 물밀듯이 닥치기도 한다. 그러한 난관들이 가급적 우리의 생애에 조금만 찾아오길 기도하는 것은 인간의 자연스러운 마음이다.

그러나 누구도 장벽을 피할 수 없다. 그렇다면 이겨내야 한다. 뛰어넘어야 한다. 바로 이 지점이다. 절벽에 다다랐을 때, 문제에 봉착했을 때 우린 이 마음을 가져야 한다. "그래, 극복할 수 있다. 나는 할 수 있다."

나는 지금까지 살아오면서 "안 한다."고는 말해도 "못 한다."고 회피하거나 엄살을 부린 적은 없다. 어려움이 오면, 할 수 있다는 마음 자세로 새로운 방법을 먼저 찾았다. 할 수 없는 이유들을 찾는 것은 나를, 상대를 힘 빠지게 할 뿐이다. 소모적이고 낭비적이다. 그럴 시간에 해결 방안을 궁리해야 한다. 잘할 수 있고, 완성시킬 수 있는 구체적인 방법들을 찾아 나서야 한다.

그 가운데 길이 보인다. 처음에는 보이지 않던 실마리들이 하나씩 모습을 드러낸다. 그 실마리를 붙잡고 한 걸음씩 나아가다 보면 어느덧 문제 해결에 탄력이 붙는다.

'플라시보 효과'라는 말이 있다. 약효가 전혀 없는 거짓 약을 진짜 약인 것처럼 가장해서 환자에게 복용토록 했을 때 환자의 병세

모두가 씨름의 쇠락을 예견했지만, 씨름은 부활했다.

가 호전되는 효과를 말한다. 약효도 없는데 환자의 병세가 호전되는 이유가 무엇일까. 바로 긍정의 힘이다. 나는 지금 내 병에 좋은 명약을 먹고 있고 이제 곧 나을 수 있다는 믿음이 환자의 스트레스를 줄여 주고, 좋은 호르몬을 유발하게 하고 나아가 면역력까지 높여 주어 병을 이기게 한다는 것이다.

실제 한 연구팀의 조사 결과에 따르면, 아침에 일어났을 때 비록 잠을 설치고 잘 못 잤음에도 불구하고 "야! 잘 잤다!"라고 말하고 생각하는 것만으로도 사람들이 실제 몸이 가뿐하다는 느낌을 가질 수 있다고 한다.

플라시보 효과는 단지 누구만의 것이 아니다. 나에게도 나타날 수 있는 효과다. 나도 경험할 수 있는 긍정의 에너지다. "나는 할 수 있다." 긍정하고 또 긍정하자. 나를 믿고 나를 따르자. 그 긍정의 힘을 자꾸만 경험해 보자. 그럼 알게 된다. 이 세상은 내가 만들어 나간다는 성취감을.

## 3

# 다 함께 하는 긍정

개인의 긍정이 집단의 긍정으로 뭉칠 때 그 파워는 대단하다. "나는 할 수 있다."가 "우리는 할 수 있다."가 되면 때로는 기적과 같은 일들이 일어나기도 한다.

20여 년 동안 기업을 운영해 오면서 나도 여러 파도를 만났다. 지치고 힘들 때도 있었다. 기업은 결코 경영자 혼자의 힘으로 이끌어 갈 수 없는 규모다. 경영자와 직원들과의 합심이 없다면 기업은 바로 설 수 없다.

1997년 IMF 시절, 우리 회사도 자금난을 겪었다. 일거리가 급격하게 줄어들었고, 여기저기서 기업들이 부도가 나는 바람에 자금 융통에 큰 어려움들이 있었다. 휘청거리는 기업을 살려나갈 수 있었던 것은 바로 직원들이 하나로 똘똘 뭉쳤기 때문이었다. 그러나

"직원들과 하나 되어 난국을 타개했다."란 말은 누구나 쉽게 할 수 없는 고백이다.

IMF 당시 나와 직원들은 정말 합심했다. 아침 일찍부터 저녁 늦게까지 현장에서 동분서주하며 자기 몫의 몇 배를 해내었다. 그때, 우리는 매번 되뇌었다. "우린 할 수 있다. 이겨 낼 수 있다." 다짐은 현장에서 강한 에너지를 발휘했다. 우리를 열정적으로 움직이게 만들었고, 강하게 만들었다. 결국 그 힘든 시절을 이겨내고 우리는 우리의 자리를 지켜 낼 수 있었다.

사실 인류의 문명이 오늘날 이처럼 획기적으로 발달할 수 있었던 것은 어느 한 위인의 힘에서 비롯된 게 아니다. 수천 년의 도도

씨름인들과 함께 씨름의 부흥을 다짐하고 있는 모습

한 시간의 흐름 속에서 수많은 인간들의 지혜와 땀방울이 한데 어울려 비로소 과학이 발달하고, 문명이 발달한 것이다.

한 가정, 한 단체, 한 기업, 한 국가의 발전도 그렇다. 한 개인의 탁월한 지도력이 견인차 역할을 하기도 하지만 그것은 일부분이다. 결국엔 모든 구성원들의 협력이 바탕이 되어야 발전을 이룩할 수 있다. 이 평범한 진리를 결코 가볍게 봐서는 안 된다. 함께 긍정할 때, 그 긍정의 힘의 폭발력은 상상을 초월한다. 함께 희망할 때, 그 희망은 이미 이뤄진 것이나 마찬가지다.

영남대학과의 협력체결. 함께 긍정할 때, 시너지 효과는 더 커진다.

# 4

# 공감

한 집단의 구성원들이 하나로 뭉치는 일은 말처럼 그리 쉽지 않다. 하나의 조건이 필요하다. 바로 공감이다. 집단이 처한 현실을 함께 공유할 때 구성원들은 하나가 될 수 있다. 동상이몽이란 말이 있다. 같은 자리에 자면서도 다른 꿈을 꾼다는 것이다. 구성원들이 동상이몽 하는 조직은 비전이 없다.

우리나라는 역사적으로 힘든 시기가 올 때마다 온 국민이 공감의 힘을 발휘해 국난을 이겨낸 적이 많았다. 지정학적인 위치 때문에 유난히 외세의 침입이 많았던 우리나라는 비록 위정자들의 잘못된 판단과 자기 이익만 추구하는 잘못된 자세로 더 큰 위기를 초래할 때도 있었지만 결정적인 순간에는 백성들과 선구자들의 통일된 힘으로 외세를 물리치고 오천 년 한민족의 역사를 이어올 수 있었다. 아무리 말해도 과하지 않은 IMF 외환위기 극복 사례도 마찬가지다. 온 국민이 집 장롱에 묻어 놓았던 금붙이를 들고 나왔다. 그 덕분에 외화를 모을 수 있었고 단기간에 IMF 구제금융 사태를 이겨낼 수 있었다.

국민들을 단 하나로 묶을 수 있었던 이유는 반드시 극복해야 한다는 의지가 서로에게 공유되었고 공감되었기 때문이다. 나 혼자만 노력하고 있는 게 아니라 우리 모두가 같이 하고 있다는 그 공동체의 공감이 폭발적인 에너지로 승화한 것이다.

나는 회사가 어려울 때나, 경기가 좋을 때나 회사의 현실을 있는 그대로 직원들에게 오픈한다. 직원들이 회사의 상황을 이해하게 되면 허심탄회한 대화가 가능하다. 직원들도 더 큰 성과를 꿈꾸며 더 열심을 내게 된다. 그러한 과정에서 직원들의 창의성이 발현되어 어려움이 돌파되는 상황을 나는 여러 번 겪어 봤다. 그때는 참 신이 난다.

공감, 공유하지 않고선 함께 하기 힘들다. 삐걱댈 수밖에 없다. 개인만의 에너지로 이끌어 나가면 금세 지치고 만다. 하지만 구성원들이 현실의 이모저모를 구석구석 알고, 자신들이 만들어 내야 할 미래의 청사진을 함께 계획하는 순간, 모두가 일의 주인이 된다.

그래서 최근 기업은 공감 능력이 뛰어난 인재를 선호한다. 자기 중심적인 태도가 아닌 타인의 입장에서 일을 바라볼 줄 알고, 또한 자신의 성과를 공유하며 부서와 조직의 발전에 도움을 주는 인재를 요구하고 있다.

희망도 마찬가지다. 희망은 여럿이 함께 꾸어야 한다. 같은 희망을 가지려면 그 희망의 현실과 미래의 내용을 함께 공유하고 공감해야 한다. 그러면, 꿈은 이루어진다.

씨름의 미래를 함께 공유하자, 씨름 발전에 속도가 붙었다.

# 5

# 꼬마 인형

가끔 노래를 부를 기회가 생기면, 가수 최진희의 '꼬마 인형'을 부른다. 딱히 이유는 없다. 내가 듣기에 가장 음정이 단조로워서 그나마 쉽게 따라 부를 수 있기 때문이다.

나는 지독한 음치다. 정말 노래를 못 부른다. 어렸을 때부터 공부를 비롯해 여러 가지 일들은 제법 잘해냈다. 안 되는 것은 노력해서 되도록 만드는 것이 나의 가장 큰 장점이다. 그러나 유독 노래만큼은 개선이 안 된다.

고교 시절, 나는 장학금을 받아야만 학교에 다닐 수 있는 형편이었다. 전 과목이 80점을 넘으면 장학금 대상이 되었다. 공부를 잘하는 편이어서 다른 과목들은 무난히 통과했다. 하지만 음악이 문제였다. 당시 음악을 맡고 계신 박미란 선생님께서 나를 불렀다. 내 형편을 잘 알고 있는 분이셨다. "태정아, 너 이론은 100점인데, 실기가 문제다. 노래 연습 좀 하면 안 될까. 장학금 받아야되잖아." 선생님의 걱정이 감사해 열심히 노래 연습을 했다. 하지만 정말 난 타고난 음치였다. 그래도 장학금을 받기 위해, 선생님의 마음에 보답하기 위해 매일매일 노래를 불렀다. 실기 시험 날, 노래가 끝나자 선생님은 "잘 불렀다."고 칭찬해 주셨다. 그리고 난 장학금을 받을 수 있었다. 하지만 난 선생님께서 나를 위해 '배려'해 주신 걸 잘 알고 있다.

나는 장학금을 받아야 학교에 다닐 수 있었다. 학교를 졸업해야 대학을 갈 수 있고, 그래야 나와 집을 일으킬 수 있다는 희망을 가질 수 있었다. 그런데 그 희망은 나 혼자만의 힘으로는 이룰 수 없는 것이었다. 나의 사정을, 나의 부족함을, 나의 노력을 알아주는 음악선생님과 같은 분들이 계시지 않았다면 난 학교를 다닐수 없었고, 어쩌면 희망도 놓쳐버릴 수 있었을 것이다.

나도 누군가에게 희망을 주고 싶다. 나도 누군가의 어려움을 이해하며 공감하며 그의 장애물을 걷어내 주는 데 일조하고 싶다. 그래서 그 누군가가 희망을 놓지 않도록 버팀목이 되어주고 싶다. 그렇게 서로가 서로에게 희망이 되는 사회를 나는 꿈꾼다.

# 6

# 배움

배움은 희망을 구체화시킨다. 일제시대, 독립 운동가들과 선각자들이 가장 중요하게 여긴 활동은 교육이다. 곳곳에 학교를 세우고 근대화를 추구하며, 민족의 문화적 역량을 키우려 애썼다. 배워야 인간다운 삶을 살 수 있고, 배워야 민족의 독립이란 희망을 실현할 수 있다고 판단했기 때문이다.

김연아 선수는 세계 최고의 피겨 스케이터가 되고 싶다는 희망을 실현하기 위해 부단히 연습하고 새로운 기술을 익혔다. 무엇인가 되고, 가지기 위해선 인간은 배워야 한다.

그런데 신묘한 것은 배우다 보면 희망도 저절로 생긴다는 것이다. "희망이 없다." "되고 싶은 게 없다." 이렇게 말하는 이들이 있다. 그들에게 꼭 말해 주고 싶다. 그러면 일단 무엇이든 먼저 배워

보라고. 지식과 기술을 습득하다 보면 없던 꿈도 생기고, 희망도 생긴다고.

그래서 나는 배우는 것을 좋아한다. 무엇을 이루기 위해서도 배우지만, 일단 무작정 배우기도 한다. 나도 생각하지 못하는 성과와 희망이 돌연 나타날 수 있다는 기대감 때문이다.

나는 컴퓨터가 16비트 용량이었을 때부터 컴퓨터를 배웠다. 25여 년 전이다. 당시 서울시는 대형 공사 현장에 물가연동제 방식을 적용했다. 물가 상승분 또는 하락분 만큼 공사 비용을 인상해주거나 감액하는 물가연동제를 채택한 것이었다. 이러한 체제에 잘 적응하기 위해선 당시 컴퓨터가 중요했다. 컴퓨터를 활용할 줄 알면 손으로 일일이 파악하고 계산해야 할 것들을 쉽게 처리할 수 있었다. 그래서 컴퓨터를 배웠다. 컴퓨터를 잘 익히면 분명 사업과 관련한 다른 업무에서도 큰 효과를 발휘할 것이라고 판단했기 때문이다. 물론 그 예상은 맞았다. 컴퓨터를 익히면서 어려움을 겪기도 했다. 컴퓨터 용량이 작아 애써 입력했던 물가 자료들이 한꺼번에 다 날아가 버리는 경험도 했다. 그 실수로 자료의 중요성을 알게 됐다.

컴퓨터 소프트웨어 기술이 획기적으로 발달한 오늘날 젊은이들의 속도와 기술을 따라잡을 순 없지만, 그래도 별 두려움 없이 인터넷 등을 조작하며 웬만큼은 컴퓨터를 다룰 줄 안다. 최근에는 스마트폰 활용법도 익혀서 다양한 기능을 활용하고 있다. 이렇게 최신 기기를 겁 없이 업무와 생활에 잘 활용할 수 있는 건, 컴퓨터 도입 초기에 컴퓨터를 배웠기 때문이다. 그리고 그러한 배움들은 나의 인생에 큰 힘과 희망을 선사해 주었다.

무엇을 해야 될지 모르겠는가. 희망이 없는가. 그럼 일단 무엇이라도 배우자. 배우고 익히면 즐거움이 오고 그러면 자신감이 생긴다. 그리고 불현듯 무엇인가 하고 싶다는 바람이 생길 것이다.

# 7

# 연구와 도전

희망은 연구와 도전을 통해 만들어 가는 것이다. 어떤 의미에서 꿈과 희망은 다르다. 꿈이 막연하게 생각하는 것이라면, 희망은 구체적인 노력으로 성취하는 것이다. 그러므로 희망하는 바를 위해 노력하지 않으면 그건 단지 꿈꾸는 것에 불과하다.

대한씨름협회 회장직을 맡으면서 희망했던 것은 씨름의 부흥이었다. 사실 프로야구와 프로축구 그리고 다양한 스포츠 종목들이 국민들 속에 단단히 자리 잡고 있는 상황에서 씨름의 부흥은 고사하고 명맥을 유지하는 것만으로도 다행일지도 모른다. 그러나 씨름의 부흥을 위해 노력하지 않으면 그 명맥을 유지하는 것도 힘겨운 과제가 될 것이란 생각이 들었다. 그래서 씨름의 전성기 회복을 위한 연구와 도전에 박차를 가했다.

우선 국민들에게 인기가 있으려면 재미가 있어야 했다. 국민들에게 오락성을 만끽시켜 주는 씨름이 되기 위해선 우선 오락성을 떨어뜨리는 씨름의 경기 요소들을 제거해 나가야 했다. 그래서 지루한 샅바싸움을 없애고, 무제한이던 백두급 선수들의 체중을 160kg 이하로 전격 제한했다. 경기 규정도 대폭 손질했다.

체중으로 승부를 내는 경기를 줄이기 위해 8강전부터 30초 연장전을 도입했다. 공격에 소극적인 선수에게는 페널티를 적극 주도록 했다. 또한 경기장 지름도 종전 8m에서 10m로 키워, 모래밭 밖으로 나가 시간이 늘어지는 것도 줄였다. 심판 무전기 착용, 비디오 판독 등 공정하고 신속한 판단을 위한 과학적 판독 시스템도 마련했다.

아울러 장기적으로 씨름 발전을 위한 안정적 제도 확충을 위해 협회 내에 '씨름진흥법추진위원회', '국제위원회' 등 각종 분과위원회를 설치했다. 또 씨름 연수원을 개설하여 임원과 지도자, 선수들의 교육에도 적극 나섰다.

이러한 연구와 도전의 성과는 국민과 언론의 뜨거운 반응으로 나타났다. 언론은 "기술 씨름이 돌아왔다.", "씨름이 재밌어졌다."라며 찬사를 쏟아냈고 관람객 수도 점점 늘어났다. 성과가 나타나자 씨름인들은 더 흥이 났다. 더 열심히 일하고, 훈련하는 것은 당연했다.

전국 씨름대회를 앞두고 성공적 개최를 위한 상념에 빠져있다.

희망을 위한 연구와 노력이 구체적일수록 희망의 성과도 구체적이다. 우리는 무엇을 희망하는가. 우리 사회는 어떠한 사회를 바라는가. 이제 구체적으로 연구하며 희망을 성취하는 자세가 우리에게 필요하다. 대강대강이 아닌, 조목조목 세심한 노력으로 희망을 설계하자.

이만기 KBS 씨름 해설위원과 함께

# 8

# 웃음

웃음의 중요성은 이제 누구나 다 아는 사실이다. 웃음이 건강의 시작이고, 건전한 인간관계의 촉매제라는 것을 경험적으로라도 다 안다.

이러한 웃음의 사회성을 이론적으로 배운 적이 있었다. 중앙대학교 강서행정대학원 재학 때였는데 웃음과 웃음을 유발시키는 유머의 긍정적 역할을 주제로 한 강의를 듣고, 다시금 웃음의 소중함을 되새겼다. 수업의 핵심은 자의든 타의든 항상 웃는 사람이 신체적으로도, 정신적으로도 젊음을 유지할 수 있다는 것이었다.

사실 세상을 살면서 시원하게 껄껄껄 하고 웃을 수 있는 때는 많지 않다. 특히 요즈음처럼 경제가 어려워 살림살이가 팍팍할 때는 웃음보다는 우울과 짜증, 분노가 더 우리 얼굴에 나타난다. 하지만 우울은 우울을 부른다. 분노는 더 큰 분노를 일으킨다. 스트레스가 현대인에게 얼마나 치명적인 질병의 원인인가. 상황이 개선되지 않더라도 우울과 분노를 억지로라도 멈춰야 할 이유가 여기에 있다.

진짜 웃겨서 행복해서 웃으면 더 좋겠지만, 웃을 일이 없으면 억지로라도 소리를 내어 웃어야 한다. 웃으면 암세포를 공격하는 것으로 알려진 엔케이세포가 활성화되고, 스트레스 호르몬인 코르티졸을 억제해 준다. 그 결과 웃음은 면역계와 신경호르몬계, 심혈관계에서 다양한 긍정적 변화를 일으켜 환자에게는 통증을 줄여 주는 등 '치료제' 역할도 한다.

지금 당장 실험해 봐도 좋다. 한번 10초 동안만이라도 소리 내어 웃어 보자. 하하하, 껄껄껄, 호호호, 허허허. 마음이 좀 편안해지지 않는가. 희망이 살짝 깃들지 않는가. 보약은 돈이 들고, 이런저런 채비가 필요하다. 웃음은 돈도 안 들고, 채비도 필요 없다. 그저 입꼬리를 올리고 속의 답답한 공기를 내뱉으면 그만이다. 얼마나 경제적인가.

웃음의 긍정적 효과에 대한 연구 결과는 찾아보면 정말 많다. 미국의 한 의대 교수팀은 웃음의 면역 기능 강화 효과를 입증했는데, 폭소 비디오를 보고 난 뒤 시청자들의 혈액을 뽑아 항체를 조사했더니 병균을 막는 호르몬의 양이 200배나 증가했다고 밝혔다. 아울러 면역력을 억제하는 호르몬은 감소했는데 이는 웃음이 스트레스를 극복하는 실질적인 효력을 갖고 있음을 보여 준다고 말했다. 이 연구팀은 "웃음이야 말로 참 의학"이라며 세계인들에게 웃음을 권유했다.

오늘부터 웃어 보자. 주위 사람에게도 웃음을 나눠 주는 사람이 되자. 웃음은 개인의 질병을 예방해 주고 치료해 주는 명약이며, 또한 사람들의 관계를 윤택하게 해 주는 최고의 개선제다.

# 9

# 좋은 인상

　웃음이 개인과 사회의 건강을 증진시켜 주는 명약이라는 점에서 나는 내 얼굴에 자부심을 느낀다. 내 얼굴은 웃는 인상이기 때문이다. 살짝만 입 꼬리를 올려도 금방 웃는 것 같다. 화를 좀 내려 해도 인상이랑 어울리지 않아 금방 그만두게 된다.

　어떻게 보면 내 얼굴은 만만해 보이기까지 한다. 하지만 그 점도 나는 좋다. 누구에게나 편하게 느껴지기 때문에 진솔한 인간관계를 맺는 데 좀 더 도움이 된다.

　하지만 내 인상이 원래부터 웃는 인상은 아니었다. 아니, 생각해 보면 태어날 때부터 웃는 인상, 험악한 인상이 따로 있는 것은 아니다. 아무리 험상궂게 생긴 얼굴을 갖고 태어났다 해도 자꾸 웃는 사람은 안면 근육이 웃음에 적응되어 어느덧 나름의 고유한 편안한 인상을 갖게 된다.

내 인상도 마찬가지다. 지금부터 한 열흘간만 미간을 찌푸리고, 눈에 힘을 주고, 입을 꾹 다물며 인상을 쓰고 다니면 아마 내 인상도 무섭게 변하게 될 것이다.

좋은 인상도 선천적이라기보다 후천적이며 훈련에 의한 것이다. 우리가 함께 더불어 사는 세상을 꿈꾼다면, 좋은 인상을 갖기 위한 공부도 해야 한다. 사실 이러한 연습과 공부를 학교에서부터 가르쳐야 한다. 억지로 영어, 수학만 잔뜩 집어넣을 게 아니다.

인간은 매사에 웃고 다닐 수는 없다. 때로는 장애물 때문에, 사람들 때문에 지치기도 한다. 이처럼 어려움에 처할 때 좋은 인상을 가진 사람은 긍정의 마음을 품게 될 확률이 높다. 곧 긍정의 얼굴로 사태를 대면하고 문제를 풀려고 할 가능성이 높다. 험한 인상을 소유한 이는 험한 마음을 먹게 될 확률이 크다. 도통해서 쉽사리 웃지 못하고 굳은 표정에 빠져 있을 가능성이 높다. 그래서 좋은 인상을 가져야 한다. 좋은 인상은 긍정의, 웃음의 전진 기지다. 조금만 얼굴근육을 당겨도 웃음을 지을 수 있는 인상은 사회의 갈등을 줄여준다는 측면에서 우리의 건강한 사회적 자본이다.

희망찬 대한민국, 밝은 우리 사회는 우리들의 좋은 인상에서부터 시작된다. 선진국 국민일수록 쉽게 타인에게 인사하고, 웃음을 선사한다. 후진국 국민일수록 웃음으로 차별하고, 숨긴다. 거울을 한번 들여다보고, 자기 인상을 살펴보자. 인상이 좋지 않다면 '김치' 하고 웃자. 자꾸 '김치' 하자. 그러면 어느덧 '좋은 인상'이란 소리를 듣게 될 것이다.

2012년 대한씨름협회 유공자 시상식. 성과를 함께 나눌 때 웃음은 커진다.

# 10

# 약자들의 공동체

섣불리 말하고 싶지 않지만, 꿈이니까 부담 없이 말하고 싶다. 말하면서 다시 한 번 꿈을 다지는 기회로 삼고, 또 운 좋게도 동지를 만날 수 있지 않을까라는 바람에서다.

청년 시절, 나환자촌에서 봉사를 하면서 가슴속에 깊게 자리 잡은 꿈이 있다. 사회적 약자들이 한데 모여 사는 공동체를 만드는 것이다. 오도 가도 못하는 노인 분들과 소년소녀 가장, 그리고 사회에서 지치고 희망을 잃어버린 이들이 하나의 큰 패밀리를 이루어 사는 큰 장을 만들고 싶다. 함께 밭을 갈아 먹을거리를 자급자족하고, 노동과 생산의 기쁨을 공유하는 공동체를 꼭 한번 이루고 싶다.

자급자족을 희망하는 이유는 우선 스스로 먹을 것을 만들기 위해 농사짓는 삶이 인간에게 바람직하다고 생각하기 때문이다. 사람은 흙을 일구며 땀을 흘리는 동안 건강해진다. 자연 앞에 겸손하게 되고 우리 앞에 드리워진 터전 앞에 감사한 마음을 갖게 된다. 내 손으로 풀을 베고, 씨를 뿌리면 의존적인 마음도 어느덧 사라지고 스스로 할 줄 아는 인간이 되어 간다. 그렇게 노동하는 동안에 마음에 열정이 솟아난다. 에너지가 생긴다. 그리고 내 것을 가족에게, 이웃에게 주고 싶은 나눔의 마음이 싹 튼다. 나눔은 섬김의 시작이다. 이러한 이유로 농부들은 대개 건강하고 선하며, 농촌에는 여전히 인정이 넘친다.

삶에 지치고, 모진 풍파를 만나 외로운 신세가 되었다고 생각할 때면 더더욱 농사를 지으며 제 먹거리를 제 손으로 만들어 봐야 한다. 그럼 어느덧 일과 자연을 통해 치유되고 있음을 느낄 것이다.

물론 실현이 어려울 수도 있다. 그러나 계속 꿈꿀 것이다. 그 꿈이 있어서 지금도 그 꿈에 버금가는 섬김과 나눔, 봉사를 할 수 있기 때문이다. 그리고 꿈을 꾸어야 이룰 수 있기 때문이다. 나와 같은 꿈을 꾸는 사람들이 많아지길 기대한다. 그래서 새로운 대안의 공동체들이 대한민국 곳곳에 자리매김하길 희망한다.

단상 부록

# 긍정의 힘

# 마음먹은 대로

어떤 이는 컵에 담긴 물을 보고 "절반밖에 안 되네."라고 불평하지만, 누군가는 "절반이나 있네."라며 감사해 한다. 살아오면서 나 역시 따지고 보면 불평한 것들이 많았다. 아니 마음먹고 불평할 것들을 찾으면 모두가 불만의 대상이 될 수 있다. 그러나 뒤집어 생각해 보면 그 불평의 수만큼이나 감사, 만족이 있다.

대한씨름협회를 비롯하여 여러 사회단체를 이끌면서 힘들고 어려운 점들이 많았다. 때로는 사람들이, 때로는 환경이 지치게 만들기도 한다. 그때 그러한 장애를 불평하면 이미 나는 지고 만 것이다. 하지만 장애를 포용의 대상으로, 감사의 대상으로, 변화의 대상으로 삼고, 생각하고, 행동하기 시작했을 때 비로소 일은 성사됐고, 나에게도 행복이 찾아왔다.

인도 우화 이야기다. 쥐 한 마리가 있었는데 평소에 고양이를 굉장히 두려워했다. 이를 불쌍히 여긴 신은 쥐를 고양이로 만들어 주었고, 쥐는 무척이나 기뻐했다. 하지만 얼마 가지 않아 개가 무서워졌다. 다시 신은 쥐를 개로 만들어 주었다. 그러나 이번에는 호랑이가 걱정이었다. 신은 다시 한 번 쥐를 호랑이로 만들어 주었지만 이번에는 사냥꾼을 두려워했다. 결국 신은 말했다. "너는 다시 쥐가 되어야겠다. 무엇으로 되어도 쥐의 마음을 갖고 있으니 아무런 소용이 없구나."

결국 마음이 문제다. 우린 때때로 '내가 이것만 있으면 정말 열심히 살 텐데, 얼마만 있으면 딱 좋을 텐데.'라는 생각을 할 때가 있다. 하지만 이런 생각들은 모두 쥐의 마음이다. 쥐의 마음으로는 아무리 원하는 것을 가져도 새롭게 등장하는 장애를 이겨 낼 수 없다.

물론 마음만으로 되지 않는다. 실천하고 노력해야 한다. 그러나 긍정적인 마음을 먹지 않으면 행동도 뒤따르지 않는다. 불만을 품고 행동해 봐야 느릿하고 성과도 볼품없다.

게다가 마음먹는 것에는 돈이 들지 않는다. 우리 모두 공짜를 좋아하지 않는가. 마음먹기에는 비용도 들지 않고 청구서도 날아오지 않는다. 원효대사의 해골물 이야기는 누구나 안다.

원효대사가 나이 마흔이 되었을 때, 그는 깨달음을 얻기 위해 경주를 떠나 당나라로 유학을 갔다. 길을 가던 중에 소낙비가 내려 한 움집으로 피해 하루를 보내고자 했다. 한밤중에 목이 말라 원효는 비몽사몽간에 주위에 있는 한 그릇의 물을 황급히 마시고 계속 깊은 잠을 잤다. 아침이 되어 잠자리에서 일어난 그는 자신이 잔 곳이 무덤이었고 그릇의 물은 해골에 고여 있는 썩은 물이라는 사실을 알게 됐다. 당시 무덤은 지금과 달리 지하실처럼 돌집으로 지어져 출입이 가능했던 것이다. 원효는 심하게 구토를 했다. 그리고 그는 큰 진리를 발견했다.

"한 생각이 일어나니 갖가지 마음이 일어나고, 한 생각이 사라지니 갖가지 마음이 사라진다. 여래께서 이르시되, 삼계가 허위이니 오직 마음만이 짓는 것이다."

깨달음을 얻은 원효대사는 미친 사람처럼 노래를 부르고 춤을 추었다. 더럽고 깨끗한 것이 사물 자체에 있는 게 아니라 마음에 있다는 것을 깨달았던 것이다. 원효는 당나라로 향하는 발길을 되돌렸다. 득도의 길은 중국에 있는 것이 아니라 바로 자기 마음에 있다는 것을 알았기 때문이다.

마음먹어 보자. 내가 느끼는 불리한 것, 유리한 것에 상관없이 나의 마음을 다잡아 일하고 생활해 보자. 그러면 우리도 원효처럼 덩실덩실 춤을 추며 마음의 힘을 체험하게 될 것이다.

# 02

# 말이 씨가 된다

말이 씨가 된다는 선조들의 말이 있다. 말하는 대로 된다는 것이다. 코가 크고 못생긴 사람이 있었다. 그는 코 때문에 스스로 주눅 들어 다른 사람들 얼굴도 제대로 쳐다보지 못하고 항상 구석자리에 있었다. 그러다 보니 자기 일도 제대로 하지 못하는 경우도 생겼다. 그러다 어느 날 거울을 보며 "거 참 코 잘생겼네."라고 말해 보았다. 마음을 바꿔 본 것이다. 몇 번 더 소리쳤다. "코 참복스럽게 생겼네!" 그러자 정말 신기하게도 자기 코가 그날부터 예쁘게 보이고 복스럽게 보이기 시작했다. 사람들 앞에도 당당하게 나서기 시작했다. 자기 코를 의식하지 않게 되고, 누군가 코가 크다고 얘기하면 "아, 제 코가 복코입니다!"하고 껄껄껄 웃었다. 일도 잘되고 행복해졌다.

그렇다. 일단 긍정하기 어려우면 일부러라도 말해 보자. 말은 거꾸로 생각을 만들어 준다. 그러면 맘속에 긍정이 찾아오고, 긍정은 힘을 발휘하여 나를 바꾸고 세상을 바꾸기 시작할 것이다.

나는 인상이 좋다. 하지만 누군가에게는 잘생기지도 않고 밋밋한, 아니 못생긴 얼굴일 수도 있다. 그러나 나는 인상이 좋다고 믿는다. 누구나 나를 편하게 대할 수 있는 후덕한 얼굴을 지녔다고 생각한다. 그래서 나는 내 인상이 좋다고 말한다. 또한 나는 "못한다."라는 말을 하지 않는다. 일단 못 한다고 말하는 순간, 이미 머릿속에는 못 할 수밖에 없는 이유들이 들어차고 정말 못 할 것만 같은 생각이 든다.

2008년 미국 역사 최초의 흑인 대통령으로 당선된 오바마의 당시 선거 구호는 바로 "Yes, We Can!"이었다. 이 구호가 얼마나 위력이 컸는지 미국 시민은 물론 전 세계 사람들도 함께 외쳤었다. 오바마가 당선될 수 있었던 이유는 이처럼 긍정과 희망을 주었기 때문이다.

말하자. 좋은 말을 하자. 긍정의 말을 하자. 그럼 변화가 분명히 온다. 그 순간을 행복하게 살 수 있다. 행복한 사람이야말로 성공한 사람 아니던가.

# 03

# 소소한 행복

나는 닭발을 좋아한다. 곰장어도 즐겨 먹는다. 이런 음식을 가장 맛깔나게 만드는 곳이 바로 포장마차다. 그래서 포장마차를 좋아한다. 포장마차에서 사람들과 함께 닭발에 술 한 잔 기울일 때 나는 행복하다.

닭발은 싸다. 그래서 꼭 술안주가 아니어도 자주 먹을 수 있다. 좋아하는 음식을 자주 먹을 수 있으니 나는 자주 행복하다. 부담 없이 여러 사람과 자주 함께 있을 수 있으니 그 또한 행복하다.

언젠가부터 비싼 것에만 행복이 있다는 생각이 세상에 잔뜩 퍼져 있는 듯싶다. 잠바를 사도 비싼 것을 사야 폼이 나고, 음식도 비싼 음식을 먹어야 나의 품격이 높아지는 것 같은 착각을 많이 하는 것 같다. 착각이 아닐 수도 있다. 비싼 게 좋고, 고급스러운

명품이 행복을 가져다 줄 수도 있다.

그러나 명품은 비싸다. 그래서 소유에는 제한이 따른다. 다 가질 수 없다. 그래서 행복할 기회가 더 줄어든다. 더 많이 가진 자를 부러워하게 되고 그러면 불행해 진다.

소소한 행복을 즐길 줄 아는 사람이 되어야 한다. 예전 TV 프로그램에 '만 원의 행복'이란 코너가 있었던 게 기억난다. 만 원으로 음식을 하고 때로는 작은 선물을 사며 타인을 행복하게 해 주는 프로였다. 정말 그렇다. 행복은 만 원으로도, 아니 천 원으로도 충분할 수 있다.

내 주위의 소소한 것들을 들춰 보자. 적은 비용으로 누릴 수 있지만 큰돈으로도 살 수 없는 행복한 거리들을 만들어 보자. 소소한 행복을 누리다 보면 또 다른 인생의 장점들이 생겨난다. 우선 낭비하는 생활을 하지 않게 되어 경제적이다. 작은 것을 좋아하니 사람들이 즐겨 찾고 그래서 외롭지가 않다.

버킷 리스트라는 게 있다. 죽기 전에 반드시 하고 싶은 일들을 적어 놓은 목록이다. 내가 만들 수 있는 소소한 행복의 리스트를 만들어 보는 것은 어떨까. 첫째, 시장에서 홍합 사다가 삶아 먹기. 둘째, 작은 산에 올라 커피 한 잔 마시기. 셋째, 나 혼자만의 마을 둘레길 만들어보기 등등 이런저런 작은 행복 목록을 만들어 보는 것이다. 이미 행복은 시작됐다.

# 04

# 칭찬

칭찬은 고래도 춤추게 한다는 말이 있다. 그 크고 무거운 고래를 번쩍 들어 올려 춤까지 출 수 있게 만든다니! 칭찬은 그만큼 대단한 힘을 가지고 있다. 나를 한번 돌아봐도 알 수 있다. 누군가 잘한다고 하면 힘이 나지 않는가.

2002년 한일 월드컵의 기적은 여전히 우리 기억에 뚜렷하다. 그 뜨거운 응원과 감동의 시간들이 때때로 생각나 흐뭇해지기도 한다. 월드컵 4강이란 새로운 신화를 만든 요인에는 국민들의 열정적인 응원 그리고 홈그라운드 이점이란 실질적 요인들도 있었지만 무엇보다 히딩크 감독의 리더십을 빼 놓을 수 없다.

히딩크 감독과 다른 감독과의 차이는 바로 선수에 대한 애정 어린 칭찬이었다. 그는 월드컵 경기를 치를 때 선수들을 끊임없이 격려하고 파이팅을 불어 넣어 주었다고 한다. 전반전이 끝나고 쉬는 시간이 되면 선수들은 기진맥진한 상태로 락커룸에 들어온다. 상대편에게 득점을 허용했거나 게임이 풀리지 않을 때면 선수들은 더 피곤해 하며 무기력하게 앉아 있게 된다. 그때 히딩크 감독은 락커룸에 들어와 실수에 대한 지적이나 후반전 전략을 주입시키기보다는 칭찬과 격려로 선수들을 다독거려 주었다. "잘하고 있어. 지금처럼만 하면 돼." "괜찮아. 좋아" 선수들이 편안한 마음으로 충분히 휴식을 취하도록 한 것이다.

선수들은 후반전에 온 힘을 다해 그라운드를 누볐다. 의기소침하지 않고 어깨를 피고 당당하게 상대팀과 맞섰다. 오히려 상대 선수들은 태극 전사들의 태도에 기가 눌렸다. 선수들도 서로 격려하고 실수를 해도 엄지손가락을 들여 보았다. 감독에게 배운 칭찬을 서로에게 해 준 것이다. 그리고 그 결과, 대한민국 대표팀은 기적을 연출했다.

살다 보면 힘든 일이 파도처럼 밀려올 때가 있다. 이겨내야 한다는 부담감에 짓눌려 우울할 때도 있다. 내가 그럴 수도 있고 주위 사람이 그럴 때도 있다. 그때 내 자신에게 칭찬하자. 주위 사람에게 긍정의 기를 불어넣어 주자. "잘하고 있어. 지금처럼만 하면 돼." 한결 마음이 편해진다. 마음껏 충전의 시간을 가질 수 있다. 칭찬하라. 칭찬은 기적으로 보답해 줄 것이다.

# 05

# 흥겨움

나는 음치지만 흥은 많다. 즉 노래는 못 불러도 콧노래는 자주 부른다. 일을 할 때, 길을 걸을 때 곧잘 콧노래를 흥얼거리며 스스로 기분을 돋운다. 기분이 좋아지면 앞으로 만날 사람과의 미팅이 더 잘되고, 살짝 지겨워질 만한 일도 다시 손에 붙고 재밌어진다.

흥을 더 돋우기 위해선 웃는다. 웃으면 복이 온다는데 정말이다. 따져 보면 정말 과학적인 말이다. 웃는 사람에게는 사람이 따르고, 사람이 따르면 일이 생기고 정보가 생긴다. 그러면 일이 잘돼 더 웃게 되고, 이러한 일들이 자꾸 순환된다. 그것이 바로 복 아니겠는가.

한 조사에 따르면, 이탈리아 국민은 하루에 19번 웃고 프랑스 국민은 18번 웃는다고 한다. 그런데 우리 한국 국민은 불과 6번 정도에 불과하다고 한다. 우리의 웃음 부족이 어려운 경제 상황 때문일 수도 있고 태생적으로 이탈리아와 프랑스 국민들이 낙천적이기 때문일 수도 있다. 아무튼 중요한 지점은 우리 국민들의 웃음 횟수가 적다는 사실이다. 웃음이 적으면 복도 적어진다. 더 경제적으로 힘들어지고, 낙천적인 기질도 우울한 기질로 바뀔 수 있다.

웃음은 오늘날 치료의 한 방안으로 의학계에서 활용되고 있다. 극심한 스트레스에 노출된 현대인들에게 웃음처럼 좋은 명약이 없다고 전문가들은 공공연히 이야기 한다. 많은 암환자들이 웃음을 통해, 긍정적인 마인드를 통해 암을 극복하고 행복의 삶을 이어갔다고 증언한다.

'바보 요법'이란 게 있다고 한다. 한 암환자가 2000년 간암으로 판정돼 이후 세 번에 걸쳐 수술을 받았지만 상황은 더욱 악화됐다. 암세포가 폐와 늑골까지 퍼져 이젠 수술까지 포기해야 하는 상황에 처했다. 방사선 치료를 받던 그에게 한 의사가 제안한 것이 바로 '바보 요법'이었다. 요법은 다름 아니라 시도 때도 없이 크게 웃는 것이었다. 실없이 웃으니 바보처럼 보였고 그래서 바보요법이었다. 그는 이 요법에 충실히 따랐다. 그래도 마냥 억지로 웃는 건 힘이 들었다. 그래서 그는 '별짓'을 다하기 시작했다.

노래를 틀어놓고 흥얼거리는 것은 기본, 흥이 나면 개다리 춤을 췄다. 약을 먹기에 앞서 약병에 기도하고 뽀뽀를 했다.

그렇게 실없이 웃은 세월이 5년. 2005년 초 대학병원에 가서 검사를 받았는데, 모든 암이 정말 기적처럼 사라졌다. 그 이후 그는 더 건강하게 바보처럼 웃으며 삶을 살아가고 있다고 한다.

우리네 선조들은 암울한 시대 상황에서도 해학과 풍자를 잊지 않았다. 양반들에게 천대와 멸시를 받았던 백성들은 해학과 풍자로 잘못된 양반들을 꼬집었다. 고단한 현실을 웃음으로 승화시킨 것이다.

우리도 그러한 해학과 풍자, 웃음의 미학을 배워야 한다. 누군가는 그랬다. 인생은 한 편의 드라마라고. 마찬가지로 인생은 한 편의 코미디다. 절망과 분노를 웃음으로 녹여내며 사는 것이 우리네 인생의 정답일 수 있다. 일부러 흥겨워하고 일부러 웃자.

# 06

# 감당할 수 있는 짐

교회 가르침 가운데 이런 말씀이 있다. "하나님은 사람에게 감당할 수 있는 시험만을 주신다." 이 가르침은 나에게 많은 힘을 준다. 나에게 주어진 짐들이 내가 모두 감당할 수 있다는 마음을 먹게 한다.

그런데 문제는 욕심이 과해서 나의 능력보다 더 많은 것을 이루기 위해 짐을 지려한다는 것이다. 지금 나의 그릇은 작은데 너무많은 것을 담으려 할 때가 종종 있다. 그러나 이렇게 감당할 수 없이 담으려 하면 결국 넘치고 말 것이다.

또 다른 문제도 있다. 더 담을 수 있고 더 질 수 있는데 성급하게 편한 것만 생각하고 이제 다 됐다는 섣부른 자족감이다. 이처럼 부족한 것을 당연하게 여기면 성장이 없다. 근력이 강화되고 한 단계 더 튼튼해지는 순간은 내가 어제 했던 수치보다 한 개 더

역기를 들고 팔굽혀펴기를 더 하는 때라고 한다. 어제보다 1개 더 하려고 이를 악무는 순간 근력이 더 두터워진다는 것이다. 그런데 계속 어제만큼만 하면 근력도 제자리걸음을 걷는다.

그러므로 우리는 잘 판단해야 한다. 내가 감당할 수 있는 짐인 가, 없는 짐인가. 내가 더 감당할 수 있겠는가, 없겠는가. 항상 고민해야 한다. 이런 관점에서 우리의 긍정은 항상 치열한 성찰과 함께해야 한다.

감당의 여부를 판단하는 과정에서 중요한 원리가 있다. 선택과 집중의 원리다. 내가 잘할 수 있는 것, 내가 감당할 수 있는 것을 선택해서 그것에 집중해야 한다. 외국의 속담 중에 "돼지에게 노래 부르는 것을 가르치려고 하지 마라. 그건 시간 낭비일 뿐 아니라 돼지에게도 괴로운 일이다."라는 속담이 있다. 나의 능력 범위 안에 있으면서도 나의 능력을 한 단계 업그레이드시킬 수 있는 일을 선택해야 한다. 부단한 노력을 기울여도 될 수 없는 일을 선택하는 것은 무의미하며 자칫 해가 될 가능성이 크다. 선택한 이후에는 고도의 집중력을 발휘해야 한다. 나의 자원, 나의 여력, 나의 환경을 모두 동원해야 한다.

섣불리 포기하지도 않고 쉽게 욕심내지도 않고 하루하루 노력하면서 내가 감당할 수 있는 양을 늘려가는 것이다. 물론 긍정의 마음으로.

# 07

# 질긴 노력

나는 기억력이 좋은 편인데 태어날 때부터 머리가 좋아서 그런 건 아니다. 나름의 노력이 있었다. 젊은 시절, 기억력 증진법 책들을 사다 놓고 내가 보기에 좋은 비법들만 뽑아내서 외웠다. 그리고 적극 활용했다. 활용하지 않으면 비법들도 아무짝에 쓸모없는 일이니까.

얼마 전 발레리나 강수진 씨의 발이 사람들의 주목을 끌었던 적이 있다. 인터넷에는 그녀의 발 사진에 대한 네티즌들의 탄성이 이어졌다. 그녀의 발은 정말 보기에도 흉측할 정도로 굳은살이 잔뜩 박혀 있었다. 끊임없는 연습의 결과물이었다. 세계적인 발레리나 강수진 씨는 평소 하루에 10시간 연습하고 때로는 19시간 동안 연습을 한다고 했다. 잠자는 시간을 빼고 마룻바닥에서 발끝으로 몸을 디디며 연습을 하는 것이다. 연습으로 슈즈가 닳고 닳아 1년이면 1,000컬레 정도의 발레 전용 슈즈를 사용한다니 참으로 엄청난 연습량이다.

그래서 그녀의 별명은 '강철나비'다. 무대 위에서는 나비처럼 아름다운 몸짓을 펼치지만 무대 뒤편에서는 강철과 같이 연습하고 또 연습하기 때문이다.

흔히 우리는 위인이나 스타를 볼 때 겉으로만 보이는 화려한 모습과 성공의 결과만을 본다. 그래서 가끔은 그들이 쉽게 그 자리에 올라선 것처럼 생각할 때가 많다. 하지만 그 이면을 들여다보면 대개 극한 상황을 견뎌 내며 포기하지 않고 끊임없이 노력했다. 평범하지만 누구나 쉽게 할 수 없는 삶의 원리를 실천해 왔다.

강수진 씨처럼 할 수는 없다 해도 우선 우리는 그 평범한 삶의 원리를 받아들여야 한다. 거저 얻을 생각, 한 번의 행운에 의지하면 안 된다. 일확천금을 바라고 인생의 대박을 노력 없이 꿈꾸면 꿈을 이룰 수도 없지만 오히려 마음의 독이 되고 병이 된다.

노력에는 고통이 따른다. 어떠한 일이든 성장하려면 단계를 거쳐야 하고 그 과정은 반드시 힘들고 어려움이 있기 마련이다. 이러한 사실을 분명히 알자. 그리고 이제 그 고통을 긍정의 마음으로 받아들이자. 고통이 온다는 것은 성장하고 있다는 증거이기 때문이다. 긍정하다 보면 때로는 고통이 즐거움으로 변하기도 한다. 그래서 신이 나기도 한다.

천 리 길도 한 걸음부터라고 했다. 한 걸음, 한 걸음 나아갈 때 언젠가 목표 지점에 도달할 수 있다. 차근차근 욕심 내지 않고, 쉬지 않고 길을 걸어가는 자세가 오늘날 우리에게 필요하다. 물론 긍정의 마음으로 콧노래를 부르면 금상첨화겠다.

# 08

# 일상에서 감탄하기

나는 해외여행처럼 멀리 여행 다니는 일에 호기심을 잘 느끼지 못한다. 해외에 다녀온 주위 사람들이 외국의 멋진 풍경과 특이한 문화 풍습, 다양한 체험 등을 얘기해 줄 때 나는 집중해서 잘 들어준다. 재미있고 호기심도 느낀다. 그런데 그뿐이다. 그곳에 가보지 못해서 애석하거나 다녀온 이들이 부럽거나 꼭 한 번 다녀와야겠다는 생각이 그다지 들지는 않는다. 우리나라의 산천, 내 고향, 지금 내가 살고 있는 이 지역을 보고 체험하는 일도 나에게는 충분히 흥미롭고 감동적이기 때문이다.

사실 잘 살펴보면 우리 가까이에도 감동스럽고 감격할 만한 경치와 문화재 그리고 삶의 흔적들이 많다. 아니 부지기수며 도처에 널렸다. 우리가 사는 강서구만 해도 옛 사람들의 정신과 혼이 서

려 있는 양천향교를 비롯하여 우리 고유의 화풍을 개척한 진경산
수화의 대가 겸재 정선이 즐겨 찾아 그림을 그렸던 궁산 소악루가
있다. 어찌 그뿐인가. 동의보감의 저술가이자 한의학의 대가 의
성 허준 선생을 기념하는 박물관과 공원이 있다.

하지만 지금 나는 우리나라에도, 우리 지역에도 훌륭한 문화관
광 지역이 있다는 것을 새삼 강조하고 싶은 게 아니다. 일상에서
그 대상이 무엇이든, 그 사건이 무엇이든 감탄하고 감동하는 삶의
자세의 중요성을 말하고 싶은 것이다.

인간이 이따금 일상을 탈피하고 새로운 환경과 경험을 추구하
는 것은 본능이고 무척 좋은 일이다. 그러나 언제부턴가 우리는
일상에 충실하지 않고 자꾸만 먼 곳, 멀리 있는 것만 바라보는 습
관이 생겼다. 내 생활의 주위에 있는 것에 애착을 갖지 않으며, 거
기에서 의미를 추구하는 행동의 묘미를 잊어 버렸다.

내가 자주 일상에서 탄성을 지르는 곳은 재래시장이다. 요리를
좋아하는 나는 장을 즐겨보는데 동네 인근에 자리 잡은 재래시장
에 가는 시간은 어린아이처럼 마음이 마냥 신난다. 과일가게 앞을
들여다보자. 노란색, 빨간색, 파란색, 초록색 등등 색색의 크고 작
은 과일들이 서로 단내를 자랑하며 수북이 쌓여 있다. 층층이 진
열된 녀석들을 보노라면 마치 파라다이스에 온 것 같은 착각이 들
정도다. 야채가게는 또 어떤가. 상추, 시금치, 대파, 쪽파, 마늘,

양파, 고추, 양배추, 가치 등등 손꼽기도 힘들만큼 다양한 채소류들이 풍성하게 차려져 있다. 한 바구니씩 담겨 있는 야채들과 이 파리와 뿌리에 묻혀 진 흙들을 보면 고향 생각, 밭 생각이 절로 난다. 아, 누군가 열심히 구슬땀을 흘리며 저 고추를 길러냈겠구나. 고춧대를 세워주고 고춧잎을 따 주고, 잡초를 솎아 주고, 축축하게 물로 흠뻑 적셔주었겠구나. 그러면 이내 감사한 마음이 든다. 생선가게, 신발가게, 분식점, 정육점, 철물점, 잡화점 등등 재래시장의 구석구석을 말하자면 이 분량만도 엄청날 것이다. 아무튼 시장은 가도 가도 질리지가 않는다.

살면서 탄성을 자아내게 하는 일상의 풍경들이 많아지길 소망한다. 긍정의 마음만 먹으면 된다. 사랑의 눈으로 우리 지역의 공원을 둘러보고, 도로와 학교를 바라보자. 사람들을 바라보자. 그리고 "참 좋구나."라고 말해 보자. 삶이 좀 더 윤택해 질 것이다.

09

# 익숙한 존재의 고마움

우리는 익숙한 것의 소중함을 곧잘 소홀히 여긴다. 예수님도 자기가 태어난 고향에서는 선구자로 메시아로 인정받지 못했다고 한다. 국제적으로 유명한 문화 유적지에 세계의 수많은 관광객들이 몰리지만 정작 그 주위에 살고 있는 사람은 뭐 대수라고 하는 반응을 보이는 경우도 많다. 수도꼭지만 틀면 물이 펑펑 쏟아져 나오니까 물의 소중함을 잘 모르는 것도 마찬가지 이유다. 익숙해지면 더 고마워져야 하는데 어느덧 당연한 것, 그리고 별 가치 없는 것으로 인식하게 된다.

그러나 우리는 그러한 인식의 경향을 단호하게 거부해야 한다. 잘해 주는 사람에게 더 잘해줘야 하듯이 익숙한 존재들에 대해 더 관심을 갖고 애착을 가질 필요가 있다. 왜? 나의 옆에 있는 존재들이기 때문이다. 나는 의식하지 못하지만 나를 지탱해 주고 나와 가깝게 연결되어 있다. 익숙한 존재들을 가볍게 보고 무시하는 것은 곧 자신을 무시하는 어리석은 행동이다.

부모님이 돌아가셔야 효자가 된다는 웃지 못할 말이 있다. 부모님이 살아계신 생전에는 부모님의 잔소리를 그렇게 귀찮아 하고 안부도 묻지 않고 섭섭하게 행동했는데 정작 돌아가신 후에 후회를 하고 통곡을 하는 경우가 많다. 부모님이 계실 때는 부모님이 주시는 그 존재감을 자식은 잘 알지 못한다. 항상 옆에 계시기 때문이다. 그런데 막상 돌아가시면 부모님의 큰 그늘을 느끼게 된다.

결국 정답은 하나다. 있을 때 잘해야 한다는 것이다. 부모님께서 살아 계실 때 효도를 다하고, 물이 풍족하게 넘칠 때 물을 소중히 여기며 아껴 쓰고, 소주 한 잔 먹자고 조르는 친구가 있을 때 친구에게 더 신경 쓰고 잘해야 한다. 남편이, 아내가 내 옆에 있을 때를 감사히 생각하며 더 존귀하게 여겨야 한다.

그럴 때 또 하나의 작은 기적들이 일어난다. 우리의 인생이 아름다워지는 것이다. 때로는 생각지도 못한 좋은 일들이 그들을 통해서 오기도 한다. 다리를 고쳐 준 흥부의 마음을 잊지 못한 제비가 보물 가득 담긴 박씨를 물고 왔듯이, 내가 베푼 작은 호의를 마음에 품어 둔 우리의 가족이, 이웃이, 친구가 행복의 박씨를 물어다 줄지는 아무도 모른다. 로또 복권을 사서 일확천금을 기다리느니 차라리 복권 살 돈 만 원으로 부모님께 순대를 대접하고, 아내와 따뜻한 커피 한 잔을 마시고, 친구에게 막걸리 한 병 더 사주는 것이 훨씬 지혜롭고 확률 높은 투자일 수 있다. 그러니 익숙한 것들을 사랑하자. 아끼자.

# 10

# 대리 운전은 OK, 대리 만족은 이제 그만

어느덧 방송 프로그램의 대부분을 예능이 차지하고 있다. 이제 예능인이라는 새로운 연예인 부류가 생겨났다. 코미디언, 가수, 탤런트, 영화배우 심지어 정치인까지 누구를 막론하고 예능의 세계에 뛰어 들고 있다.

예능 프로그램도 굉장히 다양해졌다. 과거 몇 년 전만 해도 예능 프로그램은 토크쇼가 대세였다. 연예인들은 자신의 경험담을 재치 있게 털어 놓으며 입담을 과시하고 시청자들은 귀를 쫑긋 세우고 시청했다. 그러자 점점 연예인들이 과거에는 방송에서 하지 못했을 법한 이야기들을 거침없이 쏟아내고 시청자들은 열광했다.

이제 예능은 한층 진화했다. 1박 2일 같은 여행프로그램, 말도 안 되고 황당무계한 일들에 도전하기, 정글에서의 생활, 군대 생활, 육아 체험 등등 우리 생활의 다양한 영역에 카메라를 들이대고 연예인들의 살아 있는 경험을 시청자들에게 보여주고 있다. 보고 있으면 참 재미있다.

이런 예능 프로그램들의 효용도 나름 있다. 우선 시청자들에게 재미를 주고, 다양한 영역에서의 경험을 간접 체험하게 함으로써 신선한 자극과 감동을 주기도 한다. 또한 삶의 교훈과 가르침도 때때로 선사한다.

그런데 문제가 하나 있다. 우리도 모르게 자꾸만 대리 만족에 빠져들게 돼 결국 삶을 주체적으로 살아가고 나 스스로 하는 재미와 가치를 잃어버리고 있다는 점이다.

우리는 스스로 만드는 삶을 잊어버린 것 같다. 감동과 감탄은 텔레비전 예능 프로그램의 연예인들이 대신하고 있다. 우리는 그들이 맛집에서 연발하는 감탄을 보고 대리 만족할 뿐이다. 국가대표팀 축구의 경기를 보며 마치 나도 박지성 같은 축구 선수인 것 마냥 한 두어 시간 대리 만족을 한다. 물론 이러한 간접적인 체험도 우리 삶에 있어 중요한 요소다. 그러나 온통 대리 만족하는 삶은 문제가 있다.

개똥밭에 굴러도 이승이 낫다는 속담이 있다. 죽음보다는 생이 중요하다는 말이지만, 다른 관점에서 보면, 아무리 개똥밭처럼 더럽고 힘든 일이라도 내가 직접 체험하고 스스로 이겨내는 과정이 가치 있고 소중하다는 의미로 파악할 수 있다. 인간은 로봇이 아니다. 내가 생각하고 판단하고 행동하고 개척해 나갈 때 비로소 살아 있음을 느끼는, 내가 인간이라는 존재라는 사실을 느끼는 자유로운 존재가 바로 인간이다. 그렇기 때문에 어떤 일이든 스스로 할 때 행복하고, 가치 있는 성과도 만들어 낼 수 있다.

대리 만족의 문제점은 또 있다. 어떠한 행위에 필연적으로 뒤따르는 고통과 책임을 느끼지 못해 경험의 진실을 왜곡시킨다는 점이다. 연예인들이 방송에서 보여 주는 여러 가지 체험은 재미만 보고 그 이면에 발생할 수 있는 아픔의 정서를 가볍게 여기게 한다. 삶은 희로애락이다. 희와 락만 있는 것이 아니다.

대리가 필요할 때는 대리운전 정도뿐이다. 대리 만족 대신 이젠 직접 만족, 내가 만들어 가는 만족에 좀 더 시간을 투자하자.

문득 제 단상들이 연속극 같았으면 하는 마음이 듭니다. 연속극은 매회 볼 때마다 미련이 남고 그 다음이 궁금합니다. 제 생각들도 마찬가지입니다. 여전히 미련이 남고 더 채워야 할 부분들이 많습니다. 그 미련과 채움은 이제 우리 모두의 몫이며 우리가 만들어가야 합니다.

저는 함께 호흡하고 함께 고민하는 삶의 태도를 좋아합니다. 격의 없이 모두 어울려 자기 견해를 스스럼없이 나누는 장을 선호합니다. 그럴 때 빛나는 아이디어가 나옵니다. 그리고 그 성과를 함께 공감하며 공유할 때 조직과 공동체, 사회는 한 단계 성장합니다.

자기중심적인 태도는 지양합니다. 내 위주로 판을 짜는 것은 바람직하지 않습니다. 내 생각만이 옳다는 생각은 무척이나 위험합니다. 모두가 자기 위주로 말하고 행동한다면 가족이든 단체든 사회든 국가든 곧 소란해지고 갈등만 벌이다 모두가 불행해지는 상황에 처하고 말 것입니다.

저는 스스로 하는 것을 좋아합니다. 상대방을 자유롭게 스스로 할 수 있도록 만들어 주는 것이 바람직하다고 생각합니다. 강압이 아니라 자율을 추구합니다. 그렇게 해야 열정도 성찰도 섬김도 긍정도 희망도 그 진가를 발휘하기 때문입니다.

우리는 좋은 사회, 좋은 나라를 꿈꿉니다. 행복한 시간이 많아지고 즐거운 공간이 더 들어서고 살맛 나는 세상이 오길 누구나 기대합니다. 행복은 거저 오지 않습니다. 정치인이, 위인이, 슈퍼맨이 주는 시혜가 아닙니다. 우리가 스스로 일궈 내야 할 열매입니다.

이 책은 또 하나의 제안입니다. 이렇게 살았으면 하는 하나의 바람입니다. 누군가 더 좋은 생각을, 경험을 보여 줄 수 있습니다. 그렇게 서로 보여 주고 서로 나누면서 함께 걸어가는 그 자체를 저는 사랑합니다. 함께하는 순간, 이미 그 사람들은 그 사회는 이룰 행복을 다 이뤘을지도 모릅니다.

모두가 열정을 품고 하루를 보내며 서로에게 신의를 지키기 위해 노력하고, 더 나은 미래를 위해 성찰하고 나아가 이웃을 섬길 줄 아는 그리고 이러한 삶의 희망을 자율적으로 긍정적으로 노래하고 기획하는 우리 모두가 되길 소망합니다. 감사합니다.

## 내 인생의 터닝 포인트

김원수 · 박필령 지음 | 316쪽 | 값 15,000원

이토록 행복하고 멋있게 살아가는 부부가 있을까. 이 책은 암이 가져다준 고통마저
도 삶의 축복으로 승화시키는 애정과 헌신의 힘. 한 명의 보잘것없는 인간이 부부가
됨으로써 위대한 존재가 되어가는 과정을 담고 있다. "나의 인생이 즐겁고 아름다운
까닭은 단 하나, 바로 당신. 몇 번을 다시 태어나도 나에겐 오직 당신뿐입니다."

## 생각을 벗어라

김창수 지음 | 188쪽 | 값 12,500원

저자는 일상 속에서 느끼고 깨달은 것을 자유로이 글로 적은 모든 게 '시'임을, 우리의
삶 자체가 하나의 놀랍고 아름다운 광경임을 독자에게 전하고 있다. 이 세상에는 잘
난 인생도, 못난 인생도 없다. 잘난 삶을 살겠다는 생각마저 하나의 굴레임을 깨닫고
세상이 제시하는 틀 밖으로 고개를 내밀어 진정한 희망을 두 눈으로 확인해 보자.

## 긍정이 멘토다

김근화 외 35인 지음 | 384쪽 | 값 15,000원

여기 긍정을 통해 몸소 행복한 삶을 증명한 36인의 명사들이 있다. 각계각층의 내로
라하는 대표 인물들은 이 책을 통해 '도전, 성공, 웃음, 행복, 희망'을 주제로 자신만
의 '긍정론'을 펼치고 있다. 글마다 담긴 비전과 혜안은 동시대를 살아가는 이라면 누
구나 느끼는 고민에 대해 다양한 해답을 제시한다.

## 마지막 통화는 모두가 "사랑해…"였다

정기환 지음 | 296쪽 | 값 15,000원

글로써 연결되는 인간관계가 역사를 새로이 쓰고 지탱하는 힘이다. 그래서 책 『마지
막 통화는 모두가 "사랑해…"였다』는 가치가 있다. 인간다움이 점점 사라지는 현실
속에서도 '사람 냄새' 나는 아날로그적 감성을 고스란히 간직함은 물론 이 시대를 관
통하는 함의가, 우리 시대의 생생한 민낯이 이 한 권에 모두 담겨 있기 때문이다.

## 70대 인생을 재미있고 신나게 사는 이야기

**김현 · 조동현 지음 | 268쪽 | 값 13,500원**

저자 부부는 70대란 나이는 숫자에 불과하며 자신이 좋아하면서도 타인에게 도움을 줄 수 있는 일에 매진하면 얼마든지 노후를 신나고 재미있게 보낼 수 있다고 전한다. 초고령화사회를 눈앞에 둔 대한민국 사회에 가장 필요한 이야기에 귀 기울여 보자.

## 그대 인연을 사랑하라

**남달구 지음 | 300쪽 | 값 15,000원**

『그대 인연을 사랑하라』는 비록 남달구 기자가 세상에 내놓는 첫 번째 책이지만 안에 담긴 '맛과 멋'은 장인의 솜씨와 열정 그대로이다. 특종과 이슈가 아닌 '가치와 진실' 그리고 '참 나'를 찾아 떠나온 삶의 여정. 책 『그대 인연을 사랑하라』는 수많은 독자에게 참된 나와 진실한 세상으로 가는 길목의 이정표가 되어줄 것이다.

## 소리 (전 8권)

**정상래 지음 | 각 권 13,500원**

쏟아져 나오는 책은 많지만 읽을거리가 없다고 탄식하는 독자들이 많다. 그렇다면 근대 한국사에 담긴 우리 한恨의 정서에 관심이 있다면, 대하소설의 참맛에 대해 잘 알고 있다면, 정말 제대로 된 작품을 읽어볼 요량이라면 이 소설은 독자를 위한 더할 나위 없는 선물이자 생을 관통할 화두가 되어 줄 것이다.

## 조영탁의 행복한 경영이야기 세트(전 10권)

**조영탁 지음 | 각 권 15,000원**

행복한 성공을 위한 7가지 가치, 그 모든 이야기를 담은 『조영탁의 행복한 경영이야기』 전집은 자신은 물론 타인의 삶까지 행복으로 이끄는 '행복 CEO'가 되는 길을 제시한다. 저명인사들의 명언을 비롯하여 다양한 분야에서 칭송을 받아온 인물들의 저서에서 핵심 구절만을 선별하여 담았다.

## '행복에너지'의 해피 대한민국 프로젝트!
# 〈모교 책 보내기 운동〉

대한민국의 뿌리, 대한민국의 미래 **청소년·청년들**에게 **책**을 보내주세요.

많은 학교의 도서관이 가난해지고 있습니다. 그만큼 많은 학생들의 마음 또한 가난해지고 있습니다. 학교 도서관에는 색이 바래고 찢어진 책들이 나뒹굽니다. 더럽고 먼지만 앉은 책을 과연 누가 읽고 싶어 할까요?

게임과 스마트폰에 중독된 초·중고생들. 입시의 문턱 앞에서 문제집에만 매달리는 고등학생들. 험난한 취업 준비에 책 읽을 시간조차 없는 대학생들. 아무런 꿈도 없이 정해진 길을 따라서만 가는 젊은이들이 과연 대한민국을 이끌 수 있을까요?

한 권의 책은 한 사람의 인생을 바꾸는 힘을 가지고 있습니다. 한 사람의 인생이 바뀌면 한 나라의 국운이 바뀝니다. **저희 행복에너지에서는 베스트셀러와 각종 기관에서 우수도서로 선정된 도서를 중심으로 〈모교 책 보내기 운동〉을 펼치고 있습니다.** 대한민국의 미래, 젊은이들에게 좋은 책을 보내주십시오. 독자 여러분의 자랑스러운 모교에 보내진 한 권의 책은 더 크게 성장할 대한민국의 발판이 될 것입니다.

도서출판 행복에너지를 성원해주시는 독자 여러분의 많은 관심과 참여 부탁드리겠습니다.

도서
출판 **행복에너지** 임직원 일동
문의전화  0505-613-6133